U0131414

羅亭

Dmitri Rudin

屠格涅夫

Ivan S. Turgenev

著

目次

{ 屠格涅夫與《羅亭》}

他是全俄的沙皇，勢力強大，有不少步兵、哥薩克騎兵和大砲；他維持這麼一大片土地的政治統一，居功至偉；但是他還不會說話呢。他身上蘊涵著偉大，卻是暗啞的偉大。他沒有天才的聲音供全人類、各時代來聽取。他必須學著發言。到目前為止，他還是一個暗啞的大怪物。但丁的聲音清晰可聞，他的大砲和哥薩克騎兵免不了鏽成一片虛空。有但丁存在的國家緊緊連結在一起，暗啞的俄國不可能比得上它。

一八四〇年卡萊爾說出上面一段話；屠格涅夫大概是一八五五年第一次讀到這段記載，當時他正在構思第一部長篇小說《羅亭》。卡萊爾提到的全俄沙皇——大帝尼古拉一世——在大英帝國、法國、土耳其聯軍包圍西巴斯托泊（蘇聯南部烏克蘭的軍港），向他的軍力挑戰時，不幸逝世。那年夏天，克里米亞戰爭達到高峰，失敗已迫在眉睫。評估的一刻來臨了。過去大家都斷言帝俄是歐洲的憲兵，政治上堅定的獨裁稜堡，現在大家已捨棄了那種觀念。改革的說法風行一時。俄國政府在亞歷山大二世的領

導下，開始經歷信用危機，後來終於導致許多內在的改革，最重要的就是一八六一年的農奴解放運動。同時俄國貴族——當代為止唯一受過教育的俄國社會階層——覺得他們正面對想法激進的年輕一代的挑戰。照社會學的說法，後者對公認的體制毫無虧欠，照意識形態的說法，他們隨時準備以革命前途的名義，否決一切權威。這表示貴族知識分子——屠格涅夫和老一代的人都屬於這一類——正面對一群激進的知識分子，後者對農奴制度沒有既得的利益可言，也看不起老一代所推崇的自由主義，以及最神聖的藝術和個人人格的觀念。

　　嚴格說來，俄國沒有但丁，這話一點也不假；而且它雖有獨裁政治的權威，卻是一個充滿嚴重經濟和社會問題的國家，就連一八四○年也不例外。但是卡萊爾說俄國沒有聲音，卻完全說錯了。俄國正以普希金的聲音來學習發言，只是它大部分只說給自己聽罷了。到了一八五五年，也就是普希金死後十八年，果戈里死後三年，在外面世界看來，俄國還顯得暗啞無聲。由於審查制度，俄國對內也不能暢所欲言。第一代俄國知識分子最清晰的發言人亞歷山大‧荷森已經在一八四六年離開俄國，自願放逐到西方世界，尤其是倫敦。他在該地發行《鐘聲》雜誌，變成一八五○年代最有影響力的俄國出版家。俄國內部最重要的新觀念論壇是《當代》雜誌，一八三六年由普希金創刊，屠格涅夫的重要作品都寄往該處，尤其他描寫農民生活的成名作①最為重要。到了一八五五年，《當代》雜誌的編

輯方針頗受一位激進派新人 N.G.契尼許夫斯基的唯物觀所影響。雖然這份刊物由屠格涅夫這一輩的尼卡拉索夫和巴奈夫主編，此人卻想把它轉變成當代激進人士最大的機關刊物。於是他設法疏遠屠格涅夫和許多與他類似的人。不過屠格涅夫對當代的趨勢一向很敏感，比同時的人更有先見之明，他在一八五五年就知道社會政治氣氛正在改變，新的呼聲正普受重視，新觀念也即將出籠。他還察覺出，現在應該重新估計知識分子在俄國社會中的角色了。身為小說家，他要變成知識分子的記錄者和批評者；也要捍衛知識分子在俄國生活中的一個角色：就是散布有益於俄國社會，對未來福利必不可少的觀念。他要在《羅亭》一書中表明，俄國藉著老一代的知識分子，正開始獲致一種心聲——就是所謂「四十年代人物」的心聲，所指的即是卡萊爾把俄國描寫成喑啞大怪物的十年間，像屠格涅夫這樣已達成熟階段的人物。

大家研究屠格涅夫的劇本《鄉間一月》中的拉吉亭，《狂人日記》中的朱卡杜森，《希葛羅斯基地區的哈姆雷特》中的無名哈姆雷特，對於他作品中的「多餘人物」早已非常熟悉。若斷言他第一部長篇小說中的羅亭是這種「多餘人物」進一步或者最終的發展，未免是陳腔爛調的批評。「多餘人物」的多餘性主要得用社會名詞來解釋，

---

① 《獵人日記》，由李查‧福利本譯成英文，屬於【企鵝叢書】，1972年出版。

他往往是一個真有才華的人，在當代社會中找不到自己的容身之地。屠格涅夫想用文件證明和剖白這種人物在俄國社會中存在的事實；強調「多餘人物」的悲劇性情況和喜劇性缺失。我們在羅亭身上輕易發覺的弱點無疑起自早期的攻讀——頭腦和心靈分開，對生活問題是用理性思考之不當，哈姆雷特型的內省和猶疑，起先盲目自信，很快就化為被虐性的自貶，還有暴露狂的自剖需要。但是羅亭雖表現出「多餘人物」的弱點，屠格涅夫卻精心將他刻畫成遠超過這些弱點的人物。從實用觀點來說，他也許是失敗者，但是他和前面的人物不同，具有某些英雄的特色，小心翼翼融入他的性格中，清晰強調出他對社會的關切。

一八五〇年代早期，屠格涅夫曾經想要寫一本名叫《兩代》的大部頭小說。到了一八五五年，計畫仍停留在初期階段，他似乎捨棄了這個念頭，打算寫我們熟知的這一部處女小說作品。《羅亭》的概念在一八五五年六月間形成，也許就在他的三位密友波特金、葛里哥羅維治、杜魯金寧到他的史巴斯克伊莊園小住期間，或者他們離開後不久。朋友們和他共度三週，大部分時間都從事業餘戲劇的演出。他們製作一齣《款待學校》，演出非常成功。這齣戲完全沒有契訶夫之前的風格，不像他唯一的長篇劇作《鄉間一月》（成於一八五〇年。被審查官禁演，二十餘年後才公開演出），但是至少使屠格涅夫想到戲劇演出，尤其是對話的問題。讀者懷疑，《羅亭》那明顯的戲劇形式就是這個經驗造成的——全書讀起來大部分像劇本，尤其

是列茲堯夫、服玲薩夫和亞歷克山德拉・李蘋之間的幾個場面——而且特意強調一場接一場的事件陳述方式。

他的朋友們造訪史斯克伊莊園，更重大的影響就是當時 V.P.波特金對湯瑪士・卡萊爾的作品發生了興趣。波特金是屠格涅夫的文學顧問之一；由屠格涅夫一八五五年六月十七日寫給他的信看來，是他勸屠格涅夫撰寫《羅亭》這部作品的。毫無疑問波特金也把本文開頭的那一段卡萊爾名言拿給他看了，該段名言宣稱俄國沒有「天才的聲音」。（對了，一八五六年初波特金在《當代》雜誌發表卡萊爾作品的譯文，這一段並未刊登。《羅亭》的第一部分就刊在這一期上。）我們可以斷言，屠格涅夫和波特金一定討論過卡萊爾「英雄與英雄崇拜」所挑起的一些觀念，也許那些觀念對屠格涅夫有催化作用，使他注意到「羅亭」這一型的人物。

卡萊爾承認，當代批評家嘲笑人們對偉人的景仰，這是很普通的現象：「讓批評家看看一個偉人……他們開始所謂的『估量』他；不崇拜他，卻測量他的尺寸——使他變成一個小號的人物！」屠格涅夫刻畫羅亭，可以看出這種過程。但是卡萊爾想恢復大家心靈中的英雄理想，因此他盡量闡析一個人身上造成英雄比例的特質。其中最重要的是一個人的信仰，也就是卡萊爾說的：「……一個人實際相信的東西……一個人實際上銘刻在心、肯定知道的東西，他關切自己和神祕宇宙的重要關係，自己在宇宙的責任和命運，無論如何這便是他最基本的一切，其他的事物

都決定於此。那就是他的『信仰』……」屠格涅夫一定馬上就了解這些話：當然不是指教堂的信仰，而是身為人類最高貴的信念。羅亭在小說裡一出現，就斷言人類有這種信念是非常重要的，所以他才能反駁和應付地方上假智者畢加梭夫的懷疑主義。羅亭滔滔訴說他的信念，一開始就獲得喝采。隨著小說的推進，他的話愈來愈像賣弄辭藻，但是他從未失去流利的辯才。這種辯才正是卡萊爾所褒獎的英雄特徵，因為這種人能洞悉並表達事物的可愛，大家都叫他們「詩人，畫家，可愛的天才」；卡萊爾追溯這種英雄的起源，一直推到「創造詩歌；人類語言的音樂和它奇妙的北歐風格」的諾斯・奧亭和羅內斯（羅內斯＋奧亭＝羅亭，這是個挺不錯的想法）。羅亭講了一個「北歐」奇譚①，結束了他第一個成功的夜晚，也同樣為他的雄辯詩才而備受誇讚。——達爾雅・拉蘇斯基承認：「你是詩人」——我們獲知羅亭擁有「至高的奧祕——辯才的音樂。」換句話說，屠格涅夫賦予他的主角某些卡萊爾想要闡析的英雄特質，當然我們若引證說卡萊爾的文章和屠格涅夫的刻畫有什麼特殊的關係，未免過於牽強。屠格涅夫直到一八五七年才見到卡萊爾本人。他從不像契西・沙吉那麼自然地醉心於英雄崇拜，但是他想讓羅亭比他以前筆下的「多餘人物」多一點「英雄」特質，這是非常明顯的。

①評論家指出，小鳥飛入燈火通明的大廳，又飛回暗夜中，這則傳奇不是北歐的故事。

還有一點也非常明顯：他打算讓這幅肖像帶一點批評意味。六月十七日他寫給波特金的信裡堅持說：「有些時代，文學不能只是藝術——有些興趣比詩的興趣還要高超，自覺和批判的契機在民族生命的發展中就像個人生命中一樣必要……」羅亭的肖像具有批評意味，就在於它能塑造或毀掉他自己身為作家的盛名。如果刻畫失敗了，他打算永遠放棄寫作；但是他很喜歡那種間歇性的絕望。這幅肖像有批評意味，還在於它是一種自我檢視的行為。時當一八五五年六月和七月，霍亂病爆發，他被迫留在史巴斯克伊莊園，不能照自己的意思去打松雞。這時候他迅速寫好這部小說的第一份草稿。不過這本書當然也是對同一代俄國知識分子的批評。藉著檢核他這一代的缺點，他想闡析未來俄國知識分子的真角色。不過，就在這個時候，他第一次接觸到激進派出版家契尼許夫斯基的唯物觀點——刊在他的美學論文〈藝術對現實的美學關係〉中。這時候他在書信中坦白批評契尼許夫斯基，七月二十五日又在一封給波特金和尼卡拉索夫的信函中闡述他的敵對觀點：「說到契尼許夫斯基的作品，我反對的主要原因如下：照他的說法，他覺得藝術只是現實和生命的一種代用品——事實上只對不成熟的人有益。無論你怎麼看它，這個觀念變成他一切言論的基礎。但是我認為這是一派胡言。事實上沒有人會像莎士比亞筆下的哈姆雷特——就算有，也是莎士比亞發現以後，再把他化為人人能接受的典型。」契尼許夫斯基認為藝術只是一種生命的附件，作家

永遠不能創造出新的東西,更不要說像莎士比亞創造哈姆雷特一樣創造出宇宙性的人像了,契氏的看法就數這一點最讓屠格涅夫傷心。這種藝術觀即使不曾誤解他在羅亭身上創造的一種相當世故的典型——哈姆雷特和唐吉訶德的混合體、辯才智識和冷靜心靈的混合體——至少很可能對它做了錯誤的解析。

因此他對中心肖像的了解是有根據的。屠格涅夫有意批評和檢討那一代普遍存在的俄國知識分子的典型。不過屠格涅夫也承認,它是照某幾個特殊的人物塑造的,尤其是他以前的朋友兼智識導師米克海爾·巴庫寧。巴庫寧一向擁有辯才,加上深厚的哲學興趣,不過一八四○年代早期屠格涅夫在柏林以學生身分認識他的時候,他深受德國理想主義的吸引,到了一八五○年代興趣卻轉向無政府主義。屠格涅夫還借重他以前這位朋友的其他特質——他支配別人、干預隱私、向人借錢的癖性,也許還借重了他的無能——來刻畫羅亭這個角色。十月他離開史巴斯克伊莊園,前往莫斯科,隨身帶了這部小說的草稿,其中就包含這一切的要素;他到達莫斯科,剛好趕上當代最受敬愛的葛蘭諾夫斯基教授的喪禮。喪禮第二天,他寫了一篇訃文,附了如下溫暖的頌讚:

他不賣弄學問,充滿迷人的體貼,甚至當時①就能夠

①意指屠格涅夫在聖彼得堡大學認識他的時候。

激起日後許多人所經歷的敬仰心情。他身上散發一種高貴純粹的影響力，他天生（這是一種罕見的幸福天賦）能夠喚醒別人心靈中的美感，不是透過信念的表達，不是憑辯論，而是憑他自己的靈性美；他是最高尚的理想家，不是孤立的理想主義者。他有權利說：我對人際的東西都不覺得格格不入，因此人際的東西對他也不覺得疏遠。幾年後我在柏林遇見他。當時我幾乎看不出他身上有什麼特性——我們沒有繼續交往……說實話，當時我還不配和他來往。何況他當時和N.V.史坦克維治過從甚密，此人不是三言兩語所能道盡，此時此地卻又不宜多說。史坦克維治對葛蘭諾夫斯基頗有影響，他一部分的靈性已進入他心中。

葛蘭諾夫斯基的逝世使得屠格涅夫重新斟酌羅亭的肖像。我們可以猜到，他決心強調羅亭所宣布的理想主義和愛美心，以對抗契尼許夫斯基的唯物觀和功利主義，但是他一定同樣關心這幅畫像和巴庫寧的相似點，他覺得頗不恰當，所以想加以掩飾，同時說明鼓舞他這一代青年生涯的觀念是多麼富於利他主義和理想主義的色彩。因為一八五五年秋天，巴庫寧由奧國政府交給俄國當局，入獄監禁，他不得不稍微掩飾這個角色和巴庫寧相像的地方。鑑於這一點，屠格涅夫初抵彼得堡時，凡是聽他唸小說草稿的人都覺得需要修改一番。羅亭的肖像變得更寬廣、更深刻，至少縮減了他性格中卑劣的一面，因此屠格涅夫在現

在的第六章加入列茲堯夫的長篇大論，描述他在波珂爾斯基圈子裡以學生身分和羅亭相處的經驗。羅亭和波珂爾斯基的對比，很多評論家都認為是指屠格涅夫對巴庫寧和史坦克維治看法的差異——一位是年輕的雄辯家，他的口才可以涵蓋一切既成意見的領域；一位是有創意的天才，雖然表面上不那麼壯觀，卻能在最野蠻的人身上激起高貴的情操，「彷彿你在一間又髒又暗的房間裡打開一瓶久經遺忘的香水似的。」

　　另外一項大改變就是加添了列茲堯夫最後一次遇見羅亭，修改以往嚴苛判斷的收場文。這部小說首度發表後四年——一八六〇年——屠格涅夫又加上一八四八年羅亭死在巴黎防寨上的最後一個鏡頭。這一場戲的歷史資料太專門了，難免分散小說年代上的整體性。我們不得不斷言，屠格涅夫有意把小說的主戲安排在一八四〇年代中期的某一點，而羅亭和列茲堯夫首次見面則發生在前十年的中段（換句話說，就在屠格涅夫自己的大學時代），所以小說一開始，羅亭和列茲堯夫分別是三十五歲和三十歲。因此，他們可以說是屬於「四十年代的人」。一八五六年，這部小說首次發表於《當代》雜誌，分成上下兩部，但是後來的版本都不採用這種分法。本書的第一部法文譯本由屠格涅夫本人和路易‧瓦多——亦即寶琳‧瓦多之夫——共同譯成，在一八六二年發表，章節重新編過，內容也小有更改，最有趣的就是把列茲堯夫責備羅亭缺乏「男子氣概」的話擴大成「此人所缺者，乃意志，乃勇氣，乃力量」。

①除了小處更動以外，終其一生屠格涅夫這本小說都維持一八六〇年的形式，連娜泰雅對羅亭的祖父姓名不敢確定，也保留不改：通常她叫他狄米屈・尼古拉克，但是在重大的時刻（例如第七章）他又變成狄米屈・尼哥拉伊奇了。

這本小說經過改寫和加添，顯然是要把中心人物的某些細節弄得模糊一點，不過儘管肖像的邊緣稍稍模糊和褪色，也許就像老照片隨著年代而發黃一般，但是它仍然有著清晰、生動的輪廓。屠格涅夫成功地把握了一幅活生生的形象，栩栩如生，其祕訣必須在他這個人固有的興趣中去尋找。大衛・西西爾爵士曾為阿利克・布朗（一九五〇年）的早期好譯本寫了一篇介紹文，說屠格涅夫的：

> 人性肖像力求忠於事實：不過他選來刻畫的事實都非常有趣。他筆下的男主角與女主角盡是本性善良、情感深刻、腦袋好奇、風情優雅的文明人。他只真切地描寫他們，便能產生怡人的作品。有人問過，我們為

①在這個譯本中，「男子氣概」一辭用來表達俄文原字，法文譯本則把這個概念加強了。若要參考這部小說布局演進的細節，請看派屈克・偉丁頓為他的《羅亭》版本而寫的評論（布拉達書局，1970年出版），該文大抵以1963年莫斯科─列寧格勒「蘇聯科學院」出版的屠格涅夫作品中的精心評述為基礎。

什麼要浪費寶貴的時間，閱讀實際生活中我們辛辛苦苦逃避的那種人的故事呢？讀了屠格涅夫的小說，誰都不會提出這個問題。

我們知道羅亭這種人多麼受不了，在現實生活中一定會敬而遠之。當然我們很可能會接受他對人生真相的見解，一種理想或目標的閃光，那些東西就像閃電，能夠照亮世俗的生活，給人生一點安慰。

屠格涅夫老是宣稱，他看見書中的人，彷彿心靈的眼睛所生出的肖像似的。在一本回憶錄中，據說他曾經說過：

> 我大抵被一幅肖像所追逐，要很久才能抓住它。奇怪的是，我往往先想出次要人物的清晰形象，最後才想起主角。例如在《羅亭》一書中，我腦中最先出現畢加梭夫的清晰形象，揣摩他如何開始和羅亭辯論，羅亭如何反駁他，然後我眼前才生出羅亭的肖像。

這份告白頗有價值。信者和疑者的對比，真概念狂和尖刻忿懟的犬儒派之間的對比，最能讓人心服。它可以輕易變成一本小說的胚芽概念，以戲劇方式構思，當做真實性格描寫的媒介。就我們現在所知，這本小說和中心人像的效果完全依賴布景——一個虛構地方——的制定，主角由廣大的外界以陌生人身分來到這兒，提出了相反的觀念

和態度，深深吸引住女主角娜泰雅，隨著他們關係的演進，我們再透過她來發現男主角的弱點。布景的安排很不錯，一方面經由亞歷克山得拉‧李蘋訪問農家病婦的描寫，一方面經由達爾雅‧拉蘇斯基鄉村大樓的刻畫。生活在這個小世界的人──亞歷克山得拉‧巴夫洛娃、列茲堯夫、柏達列夫斯基、服玲薩夫、巴西斯它夫、彭果小姐、畢加梭夫、最後是達爾雅‧拉蘇斯基本人和她的女兒娜泰雅──優美地躍入生命中，和布景相配，像舞台上的戲角一樣生動，習慣於舞台的風格，不過有一點和舞台不一樣，他們是各個角色的男主人和女主人。「好」人好得有趣：亞歷克山得拉‧李蘋，她的兄弟服玲薩夫，她的仰慕者列茲堯夫，他們具有鄉下大地主那種自然、缺乏想像力、一本正經的善良品格。在英國布景中，這種人也不難想像。架子十足的「大貴婦」達爾雅‧拉蘇斯基雖然不像設計出來的人物，卻顯得很像外國人，而她的馬屁書記官柏達列夫斯基倒是一幅絕佳的諷刺畫像。恣憑機智、討厭女人的畢加梭夫是一個真正迷人的角色，他在這片狹窄勢利的鄉村世界中可以獲得「性格」的名聲。文中虛構的地方和裡面的居民都很單純、易辨，具有真實感；但是外來的主角超越了他們有限的現實：他們各自隱入虛構的聖龕以後，他還在腦海中永不磨滅。

羅亭個子高高的，丰采甚佳，能說會道，具有辯才，很能激勵人心。我們注意到，他的衣服不是新的，而且顯得有點緊，他的雙手又大又紅，但是目光炯炯，而且很會

說話。他是理想主義者,雖然他的理想難免模糊不清,而且傾向未來,他卻能使那些理想顯得很迷人,值得犧牲一輩子去達到。列茲堯夫在最後的辯白中說:「他有熱誠;請相信我——因為我是以冷淡人物的身分來發言——那一點正是我們這個時代最珍貴的特質。我們都已經理智、淡漠、衰頹得叫人難以忍受;我們睡著了,我們僵冷了,若有人喚醒我們,暖化我們,就算只是片刻,我們也應該感激他!」那一個初夏的傍晚,羅亭確實喚醒了達爾雅・拉蘇斯基家裡聚會的一群人。就算有一點天真吧,羅亭表明觀念信仰的重要,很快就反客為主,壓倒了畢加梭夫,他又強調人類必須信仰科學和知識,因為人類必須對自己和自己的能力具有信心。他辯論說,一個人若沒有堅定的主張,他怎麼能認識同胞的需要、旨趣和前途呢?這段問話掀起了俄國知識分子獻身國家未來福祉的整個問題,羅亭滔滔不絕地說,這項任務需要拋棄自我,追求更高的目標。他的話具有宗教吸引力,因為他活像宗教的高僧大談信徒對人類、對國家的服務,大談人民的解救,他可以憑概念清清楚楚激起聽眾的心靈。羅亭不是江湖郎中,但是他在達爾雅・拉蘇斯基的第一個勝利之夜,臨別說了一個北歐半島的奇譚,他承認全人類的努力都是曇花一現,人類注定要像黑夜飛入光明、又飛回黑暗的鳥兒,過著飛逝而無意義的一生,而他羅亭也和下面一個人一樣,命運早就注定了。

這一次勝利以後,其他方面滿盤皆輸。屠格涅夫輕輕

鬆鬆叫讀者注意他的幾個癖性：他慣於對自己過去和生命角色有關的問題顯出驚奇的樣子，他喜歡重複問題再提出答案，他說故事比較不成功，他缺乏幽默感，雖然他能做一名好聽眾，他的應對卻有弱點。在他和娜泰雅的關係中，我們看出他的言語受到挑戰，而她憑著全然的坦率和無敵的天真，可以看出他這一套缺乏目標，卻仍不免被他的學識——尤其是德國文學和思想方面的知識——深深吸引。他承認到目前為止，他還不能為自己闡明愛情的悲劇意義，顯然他只是分析家，聰明而雄辯的知識分子，他可似假裝了解心靈的方向，卻不知道這種姿態會被敏感的聽眾所誤解。她向他表明愛意，使他心中產生了一種認同的危機：他是不是真的愛她，他是不是真的快樂，他是不是存心影響這位可憐少女的觀念？羅亭缺少清新熱情的自發性，不能回報娜泰雅的愛情。我們還可以推測，這段話也許暗指性生活和個性上的無能，他一生的命運都受其影響。他們在淒清的阿夫杜馨水塘最後一次見面的時候，娜泰雅等他採取行動，他只說了一句：「投降。」——也就是對他自己意志上的弱點，對他的貧困，對達爾雅‧拉蘇斯基的不悅，對命運、對幸福的無望投降，那正是屠格涅夫心中的悲觀意志。此刻羅亭已經剝掉了原先的一切光彩。他離開達爾雅‧拉蘇斯基家的時候，和他最忠誠的門徒巴西斯它夫說話，唯一的自許就是他要用唐吉訶德的方式擁護自由。那份主張其實是要補償他一切的過錯，只是看起來不太明顯罷了。

當然羅亭不是卡萊爾所說的偉人。娜泰雅在阿夫杜馨水塘離開他的時候，他怒氣沖天對她喊道：「懦夫是你，不是我！」他的卑鄙值得注意。至於娜泰雅嘛，她似乎想在羅亭身上尋找父親的形象，而不是找一個愛人。我們接受了屠格涅夫的說法，她這個人很深刻。表面上她顯得熱心、缺乏幽默感、嚴肅、幾近枯燥，但是我們很容易看出，她的天真本性需要羅亭的經驗和成熟來加以填充。她需要母親的輕浮世故所不能給她的一種嚴肅感。這一份關係的悲劇性不僅源自羅亭的弱點，也源自她情緒上的需要。我在別的地方曾經說過：「男主角和女主角的共同需要一定得視為自我填滿、自我完成的需要，也許要在有來有往的愛情中去達成，雖然事實上——一切屠格涅夫的研究都顯示出——這種自我填滿的過程不可能實現，這種愛情始終有罪，而且有些不合法。」①娜泰雅生性脆弱，情緒上很容易受到羅亭這種人的影響。當然此處還主張，人類注定要忍受初戀的折磨，屠格涅夫在這本小說和很多其他的研究中都曾提醒我們，「初次的痛苦就像初戀，不會再度發生——謝天謝地！」

在服玲薩夫眼中，羅亭要他同意娜泰雅的愛情，似乎荒謬絕頂，尤其羅亭要服玲薩夫超越環境，等於明白指出：鄉間大地主的生活看起來體面，其實卻很狹窄。羅亭

①李查·福利本《屠格涅夫——小說家中的小說家。》OUP
出版社，1960年，1133頁。

鼓吹更坦白、更大方的人際關係，在窒息的紳士情敵眼中，顯得很荒唐，但是這份理想終於顯示出基本的優越性。列茲堯夫指責他缺乏「男子氣概」，懷抱世界主義觀點，這個毛病終因他在年輕人心中播下的許多好種子而得到了補償。最後一次會面的時候，列茲堯夫以前的責備都化為烏有，轉而對不幸的主角恢復了情感上的推崇。羅亭敘述自己的失敗，同時帶有喜劇和悲劇色彩。無論由什麼標準看來，他都可以說是生命的輸家，由資本主義社會看來，他則被視為落伍的失敗者。不過羅亭堅持，他的任何計畫和觀念都是忠實的。他也許想鼓勵新觀點，巴西斯它夫曾熱烈說道：「他可以讓你起而行，他從來不叫你安於原狀，他把事物的根本從頭到腳翻過來，他在你身上點起火花！」不過就讀者所知，他從來不主動鼓吹革命。最後一幕描寫羅亭的死亡，把他「革命化」了，這並不是沒有來由的；它完全符合原先的刻畫，我們不難想像羅亭怎麼會希望以大膽而戲劇化的姿態來結束他的一生。對屠格涅夫而言，也許又有另外一層的意義。他在一八六〇年才加入這場情節，也許當時他正藉著他筆下最明顯的「改革派」主角——《父與子》的巴扎洛夫——來構思俄國知識分子在實際革命中所扮演的角色，他讓羅亭臨終具有革命色彩，等於默默承認「父親們」——換句話說，就是他自己這一代——的革命熱望。除此之外，屠格涅夫倒不像荷森或奧卡耶夫，他從來不似筆下的主角「拜倒在某人足下」，獻身於革命的目標。

　　這部小說構思簡潔，由於屠格涅夫擅長自然的描寫，氣氛顯得很生動，每個人物不論多麼微小，都能藉著對話、外表的形容或傳記資料的引述而馬上進入焦點。屠格涅夫的智巧使得人物刻畫栩栩如生，非常緊湊——例如他描寫達爾雅‧拉蘇斯基，判斷力便好得離譜——能夠以決定性的描述來壓倒浮華的風尚，例如他形容年輕的珂爾查瑾「慣於採取特別壯觀的姿態，彷彿他根本不是活人，而是他自己應公眾訂購而塑成的雕像。」他偶爾放縱起來，描寫列茲堯夫和服玲薩夫，叫人覺得他似乎想替他們主張遺產就等於人格。至於愛情故事嘛，寫來頗有風情，也有些尖刻，而且是這本小說最老派的特徵。懷疑論者發現羅亭認命捨掉他和娜泰雅的關係，不覺鬆了一口氣，我們也許可以原諒他們。懷疑論者會覺得，無論書中意志堅強的娜泰雅多麼缺乏概念，他這一方面至少還有常識的優點。他們不是理想的一對，如果說這兩種乖離的個性能夠一輩子和諧相處，未免是一廂情願的看法。

　　這部小說首次出現時，曾引起熱烈的爭論和關心。羅亭——因熱誠和理想而得救的失敗者——的形象深入俄國意識中，簡直可比戈納查洛夫筆下的歐伯洛莫夫。但是羅亭不是那麼「國家化」的人物；他的許多特性可以屬於俄國知識分子，也可以屬於任何文化背景中的知識分子。很多人強調他的世界主義觀，他的親德派性格。人人都知道，杜斯妥也夫斯基最討厭屠格涅夫的道德觀念，他認為這本小說除了俄國讀者，誰也看不懂。他轟然宣稱，「把

屠格涅夫的小說《羅亭》（我提屠格涅夫，是因為他的作品轉譯成外國文字，遠超過任何作家；我提《羅亭》，則因為屠格涅夫的作品中，以這一本最像德國玩意兒）翻譯成任一種歐洲語文，還是沒有人能了解。」也許這本小說無人能懂——這是它做為失敗者畫像頗為重要的興味之一——但是這份譯本力求忠於原作，連屠格涅夫的許多標點符號都照樣重刊，只想使俄國原作容易了解，好讓讀者自己決定他們懂不懂羅亭這幅肖像。

羅亭

1

是靜靜的夏天早上。太陽已高懸在明淨的天空，而田野仍閃爍著露水。一陣涼爽的微風，清新芬香從初醒的山谷吹來，鳥兒在靜寂潮濕的林中快樂地歌唱。從山頂至山腳滿布著開花的裸麥，一個小小的村落就在山上。一個年輕人沿著往這村落去的小徑走去，她穿著白紗布的長袍，戴一頂圓草帽，手裡拿了一把傘。在她的後面不遠，尾隨著一個僮僕。

她好像在欣賞這步行的樂趣，慢慢地走。前前後後臨風點首的修長裸麥，輕柔地沙沙作響像波浪般擺動，時而在這邊投下一片灰綠色的光影，在那邊縐起一道紅波，百靈鳥在頭上歌唱。少婦剛從自己的田莊來，這田莊離她正向著走去的小村落不到一哩。她的名字叫亞歷克山得拉‧巴夫洛夫娜‧李蘋。她是寡婦，沒有孩子，有點資產，她和她的兄弟，一個退伍的騎兵隊軍官，名叫塞爾該‧巴夫里奇‧服玲薩夫的住在一起。服玲薩夫沒有結婚，替他的姊姊管理田產。

巴夫洛夫娜到了這小村，在最後的一所很古舊低矮的草舍前面停下來。她叫僕人上前來，叫他到裡面去向女主人請安。他立刻便出來了，隨著一位衰老有白鬍子的農人。

「噯，怎樣，她好麼？」巴夫洛夫娜問。

「唔，她還活著。」老人回答。

「我可以進去麼？」

「當然可以，請。」

巴夫洛夫娜走進這草舍，裡面很狹小，氣悶，滿是煙。在充作臥榻的暖炕上有人在蠕動著，開始呻吟起來。巴夫洛夫娜環瞥四周，在半明半暗的當中可以分辨得出這裏在棋格子花紋的布巾裡面的乾皺枯黃的老婦人的臉。一件笨重的外套一直蓋到喉頭，使她呼吸都感困難。她的無力的手在抽搐著。

巴夫洛夫娜跑到老婦人的身邊，用手摸她的額頭，那是火熱的。

「好過麼，老婆婆？」她問，身子俯在床上。

「唉唷！」老婦人呻吟著，抬頭望向巴夫洛夫娜，「糟，很糟，親愛的！我臨終的時刻到了，親愛的！」

「上帝是慈悲的，老婆婆，也許不久就會好些。你有沒有吃我送來的藥？」

老婦人痛苦地呻吟著，沒有回答。她幾乎不曾聽到這句問話。「她吃了，」站在門邊的老人說。

巴夫洛夫娜轉身朝著他。

「除了你便沒有別的人照顧她麼？」她問。

「有一個女孩子——她的孫女——但是她老是跑開去。她不肯坐在她的身邊，她是一頭無韁馬。拿一杯水給老婆婆喝她都嫌太麻煩。而我老了，我有什麼用？」

「要不要把她帶到我那裡去——到醫院裡去？」

「不，為什麼把她搬到醫院裡去？橫豎一樣地要死。

她一生活夠了，現在，這似乎是上帝的旨意。她再也不會起床了。她怎麼能夠到醫院裡去呢？假如把她抬一抬起身，她便死了。」

「哦！」病婦人呻吟道，「我的好太太，不要撇棄我的孤兒，我們的主人在遠的地方，但是你——」她繼續說不下去，她已經用盡了氣力來說這幾句話了。

「不要愁，」巴夫洛夫娜回答說：「一切將要照你的意思做。這裡有一點茶和糖，是我帶來給你的。假如你想喝的話，你應該喝一點。你們有茶炊麼？也許？……」她望著老農奴繼續地說。

「茶炊？我們沒有茶炊，但是可以想法找一個。」

「那麼想法找一個，不然我送一只過來。並且要告訴你的孫女，不要像這樣地撇開老婆婆，告訴她這是可恥的。」

老人沒有回答，只是用雙手接過那包茶和糖。

「好，再會，老婆婆，」巴夫洛夫娜說：「我會再來看你，你不要氣餒，要按時吃藥。」

老婦人抬一抬頭，將身子微向巴夫洛夫娜移攏。

「請把你的手給我，親愛的太太。」她喃喃地說。

巴夫洛夫娜沒有伸手給她，她俯身在老婦人的額上吻了一下。

「現在，好生照料，」她一面出去，一面對老農奴說：「不要忘記給她吃藥，照著方單上所寫的，並給她喝一點茶。」

老人仍是沒有回答，只深深地打躬。

　　回到外邊的新鮮空氣裡，巴夫洛夫娜便覺得呼吸舒暢了。她撐起遮陽傘，正想起步回家去，突然在小草舍的角上出現了一個三十歲左右的男子，駕一輛競賽的輕馬車，穿著灰色的亞麻布舊外套，戴著同質料的小便帽。他看見巴夫洛夫娜，立刻便勒住馬，轉向著她。他的闊大的無血色的臉，一對細小的淺灰色的眼睛和幾乎斑白的短髭，一切似乎和他的衣服同一色調。

　　「早晨好，」他開口道，帶著懶意的微笑，「你在此地幹麼，假如容我問一句的話。」

　　「正探望一位病婦人……你從那裡來，密哈羅・密哈伊里奇？」

　　那個叫作密哈羅・密哈伊里奇的男子直盯著她的眼睛，又笑了。

　　「這倒很好，」他說：「來探望病人，但是你把她送進醫院裡去不是更好麼？」

　　「她太衰弱了，不能搬動她。」

　　「但是你是不是想要放棄你的醫院了？」

　　「放棄？為什麼？」

　　「哦，我這樣想。」

　　「多奇怪的念頭！你的腦袋裡裝著的是一種什麼想法？」

　　「哦，你知道，你現在時常和拉蘇斯基夫人一起，好像受了她的影響。在她的口吻中，──醫院、學校，以及

諸如此類，都只是耗費時間，——無補實際的時髦戲。慈
善事業應該完全行於私人間的，教育也是一樣，這些都是
靈魂的工作……這似乎就是她所發表的意見。我倒想知
道。她從誰那裡撿拾得這些主張呢？」

巴夫洛夫娜芙了。

「達爾雅・密哈伊洛夫娜是一個精明能幹的人，我很
喜歡她，很尊敬她，但是她也會有錯誤的，我並不相信她
所說的一切。」

「你不一概相信她是很好的，」密哈伊里奇接著說，
老是坐在車裡不動，「因為她對於自己所說的都不十分信
任。我很高興碰到你。」

「為什麼？」

「這真是妙問呢！碰到你豈不總是可高興的麼？今天
你看來彷彿和這早晨一樣地新鮮明媚。

巴夫洛夫娜又笑了。

「你笑什麼？」

「笑什麼？當真的！假如你自己能夠看見你獻這番恭
維話的一副冰冷和無情的臉！我倒奇怪你說完時沒有打呵
欠！」

「一副冰冷的臉………你老是需要火，但是火是毫無
用處的。閃了一陣，冒一陣煙，便熄了。」

「但是給人溫暖……」巴夫洛夫娜插進一句。

「是的……也把人焚燬。」

「就算是，焚燬算得了什麼？這並沒有大害，無論如

何總比⋯⋯好！」

「好，待有一天燒你一個痛快，那時且看你怎麼說，」密哈伊里奇用不耐煩的聲調打斷她的話，攏一攏韁繩，「再會。」

「密哈伊里奇，等一等，」巴夫洛夫娜喊著說：「你什麼時候來看我們？」

「明天，替我問候你的弟弟。」

馬車轆轆地滾去了。

巴夫洛夫娜望著密哈伊里奇的背影。

「布袋子！」她想。擠作一團地坐著，灰塵蓋滿了一身，帽子戴在後腦袋，一堆堆亂麻似的頭髮從帽底下鑽出來，他是出奇地像一隻大麵粉袋。

巴夫洛夫娜靜靜地轉身踏上回家的小徑。她走著，眼睛茫然凝視地上。一陣馬蹄聲使她停住，抬起頭來⋯⋯她的弟弟騎著馬來迎接她了，在他的身邊走著一個中等身材的青年，穿著淡顏色的上衣，淡顏色的領帶，和淡灰色的帽子，手裡拿了一根手杖。他早就望著巴夫洛夫娜瞇笑了，雖則見她在沉思中，什麼都不曾注意，當她腳步停下來時，他便跑上前去，以快樂的幾乎是熱情的聲音喊道：

「早晨好，巴夫洛夫娜，早晨好！」

「啊！康斯坦丁・狄渥密地奇！早晨好！」她回答。「你從達爾雅・密哈伊洛夫娜那兒來的，是不是？」

「一點也不錯，一點也不錯，」少年帶著光彩煥發的臉回答，「從密哈伊洛夫娜那兒來。密哈伊洛夫娜叫我來

找你，我倒高興跑路來，……是這樣美麗的早晨，並且只有四哩路，我到的時候，你不在家。你的弟弟告訴我說你到色蒙諾夫卡去了，他也正要去田裡，所以你看我和他一起來迎接你了。是嘞！是嘞！多愉快！」

年輕的小夥子俄國話說得很正確很合文法，但是帶點客腔，雖然難於辨別是哪一個地方的腔。在他的容貌裡有幾分亞細亞大陸的風度，長的鉤形鼻子，大而缺乏表情的凸出的眼，厚的紅嘴唇和低窪的額，以及柏油般烏黑的頭髮——這一切都暗示著東方產，但是這年輕的小夥子自稱姓柏達列夫斯基，說奧台薩是他的誕生地，雖則他是在白俄羅斯的某一個地方，一位慈善而有錢的寡婦把他養育長大的。另外一位寡婦替他在政府機關中找到了一個位置。中年的太太們都樂於幫助狄渥密地奇的，他知道怎樣去逢迎她們，博取她們的歡心。現在他是和一位有錢的太太，一個地主，名叫達爾雅·密哈伊洛夫娜·拉蘇斯基的住在一起，他的地位是介乎賓客和義子之間。他很有禮貌、殷勤、十分懂事，暗地裡有些好色，他有可愛的嗓子，鋼琴彈得不壞，他有專注地凝視著和他談話的對方眼睛的習慣。他打扮得很整潔，衣服穿很久不變舊，很細心地修刮他廣闊的下頦，一鬢一鬢地梳理著頭髮。

巴夫洛夫娜聽完了他的話。轉頭來對她的兄弟說。

「今天我老是碰到熟人，剛才我和列茲堯夫談了來。」

「哦！列茲堯夫，他趕著車子到什麼地方去麼？」

「是的，你試閉眼想一想，他坐在跑車裡，裝扮得像

只麻袋，滿身都是灰塵……他是多麼古怪的傢伙！」

「也許是的，但他是一等好人。」

「誰？列茲堯夫君麼？」柏達列夫斯基問，好像吃驚似的。

「是的，密哈羅‧密哈伊里奇‧列茲堯夫，」服玲薩夫回答。「好，再會，這是我到田裡去的時候了，他們正在替他播種蕎麥。柏達列夫斯基先生可以伴送你回家。」服玲薩夫疾馳而去了。

「莫大的欣幸！」狄渥密地奇高聲說，將手臂遞給巴夫洛夫娜。

她挽住了他的手，兩人轉向回家的路上走去。

和巴夫洛夫娜挽手同行，似乎給狄渥密地奇很大的快樂，他腳步細密地走著，含著微笑，連他東方味的眼睛也濕潤了，雖然這在狄渥密地奇並不希罕，感動了，融化在眼淚裡了，算不了一回事。手裡挽了一位美麗的，年輕的，優雅的女人，誰會不露得意之色呢？說到巴夫洛夫娜，在她的整個教區裡都齊口同心說她是可愛的，這區裡的人沒有錯。她的端正梁骨微微拱起的鼻子，便足以令所有的男人神魂顛倒，不消說起她的絲絨般的黑眼珠，金黃的頭髮，圓胖胖的雙頰上的笑渦，和其他諸般的美麗。但是最可貴的還是她的甜蜜的顏面表情，推心置腹的，善良而和藹。同時使你感動，使你著迷。巴夫洛夫娜有著孩子般的眼波和笑，別的太太們覺得她有點過於單純……難道還有什麼需要加添的麼？

「你說，密哈伊洛夫娜叫你來找我的？」她問柏達列夫斯基。

「是，她叫我來的，」他回答，將「是」的聲音說得和英語 th 嘶聲一樣。「她特別盼望著，告訴我務必請你賞光今天和她一起用晚飯。她等候著一位新來的賓客，特別要介紹給你。」

「這位賓客是誰？」

「某某繆法先生，一位男爵，一位彼得堡宮廷的侍臣，密哈伊洛夫娜最近在迦林親王那兒認識的，她滿口稱讚他是一位有教養的青年。男爵閣下對於文藝，也感到興趣，更嚴格地說——呵！多美麗的蝴蝶！你瞧！——更嚴格地說，對於政治經濟學也感到興趣的。他寫了一篇關於一些饒有趣味的問題的論文，要請密哈伊洛夫娜批評指正。」

「關於政治經濟的論文？」

「從文體的觀點，巴夫洛夫娜，從文體的觀點，你知道得很清楚，我想，密哈伊洛夫娜是這方面的權威。楚珂夫斯基（1783－1852，普希金之前俄國大詩人。文詞佳美，冠絕一時。）時常要徵求她的意見的，還有我的恩公，住在奧台薩的那位仁厚的老人，洛克舍倫‧美地亞羅維奇‧克桑得里卡——無疑地你知道這名人的名字罷？」

「不，我從不曾聽說過他。」

「你從來不曾聽到說起這樣的人物，奇怪咧！剛才我想說洛克舍倫‧美地亞羅維奇是非常佩服密哈伊洛夫娜

的，關於俄羅斯語的智識。」

「那麼這位男爵是衒學之流麼？」巴夫洛夫娜問。

「一點也不。密哈伊洛夫娜說，反之，你立刻便可以看得出來他是高尚文雅的人。他談到貝多芬，齒鋒的伶俐，令老親王都顯得十分高興。這一點我認為，我是喜歡聽到的，你知這是我的本行了。讓我獻給你這朵可愛的花。」

巴夫洛夫娜拿了這朵花，當她再走了幾步遠的時候，便讓它掉在路上了。他們離家約莫兩百步。屋子是新建的，新刷上白粉，在老菩提樹和櫬樹的濃密的葉蔭裡，露出迎人的敞開著窗戶的屋子一角。

「那麼你叫我怎樣回覆密哈伊洛夫娜呢？」柏達列夫斯基問，對於他送給她的那朵花的命運，心裡微微感到刺傷。「你會來赴晚宴麼？她也邀請你的兄弟一同去。」

「是的，我們會來，準定來。娜泰雅好麼？」

「娜泰雅・亞歷舍耶夫娜很好，謝天謝地。但是我們已經走到密哈伊洛夫娜家去的岔路了。讓我跟你說聲再會。」

巴夫洛夫娜站住。「你不想到我家裡坐坐麼？」她以猶疑的聲音問。

「我當然高興去，真的，但是恐怕時間不早了。密哈伊洛夫娜想聽一支泰堡（1812 － 1871，德國音樂家，以彈顫音出名）的新練習曲，我須得練習，準備好。還有一點，我說一句老實話，我懷疑我的訪問能否使你高興？」

「哦！不高興？為什麼？」

柏達列夫斯基微嘆一聲，似乎深意地低垂了眼睛。

稍停了一會，他說：「再會，巴夫洛夫娜！」於是一鞠躬，轉身走了。

巴夫洛夫娜回轉身，走回家去。

狄渥密地奇也走回家去。一切的溫柔從他臉上消失了，一種自信的，幾乎是冷酷的表情浮上來。連他走路的步法也改變了，他跨得更重。他走了兩哩多遠，毫不介意地揮舞著手杖，突然間他又笑了；他在路旁望見一個頗有姿色的年輕農家女，從燕麥田裡趕幾頭小犢出來。狄渥密地奇像貓一般地輕輕走到農家女身旁，開始和她說話。起先她沒有說什麼。只是臉紅了一陣，但是後來她用衣袖遮住臉，背轉身去，喃喃說：

「走開，先生，……」

狄渥密地奇搖搖手指嚇她，叫她替他採幾朵矢車菊來。

「你要矢車菊有什麼用？拿去做花環麼？」少女回答，「不，你走開。」

「聽著，我可愛的小美人。」狄渥密地奇開始說。

「你走開，」女孩子打斷了他的話，「那邊兩位小主人來了。」

狄渥密地奇回頭一看。真的，密哈伊洛夫娜的兩個兒子，樊耶和貝耶，沿著這條路跑來，在他們的後面走著他們的教師巴西斯它夫，一個二十二歲的青年，剛念完大

學。巴西斯它夫是很有教養的青年，單純的臉，大鼻子，厚嘴唇，細小的豬眼睛，樸素而不揚，但是溫和，善良，正直。他的衣服穿得很隨便，頭髮很長——不是故意學時髦，只是為了懶，他歡喜吃，歡喜睡，也歡喜好的書本和懇切的談話，他是從心底看不起柏達列夫斯基。

密哈伊洛夫娜的孩子崇拜巴西斯它夫，但是一點也不怕他，他對這家庭中其餘各人，都親熱得好像自家人，這事使女主人不十分歡喜，雖則她老愛宣言說她沒有舊社會諸般的成見。

「早晨好，親愛的孩子們，」狄渥密地奇開口說：「今天你們散步得多麼早！但是我，」他朝著巴西斯它夫，添上一句，「出外邊來很有些時光了，這是我的愛好——欣賞自然。」

「我們看到你是怎樣在欣賞自然的，」巴西斯它夫喃喃道。

「你是一個俗漢，天知道你在想什麼東西！我知道你的。」每當柏達列夫斯基和巴西斯它夫或類似巴西斯它夫的人們說話的時候，總帶點微慍，將「是」的聲音發得很清晰，甚至有點嘶嘶聲。

「我想，你是向這女孩子問路的罷？」巴西斯它夫說，眼睛一左一右地溜來溜去。

他覺得柏達列夫斯基在直盯著他的臉，這種看法他是極端不高興的。

「我說，你是一個不折不扣的俗漢，你當然喜歡凡事

只從庸俗的方面去觀察的。」

「孩子們！」巴西斯它夫突然喊道：「你們看到草地上那棵楊柳沒有？讓我們看誰先跑到那裡。一！二！三！跑！」

孩子們以全速向柳樹跑去。巴西斯它夫跟在他們的後面。

「鄉下人！」柏達列夫斯基想。「他把孩子們寵壞了。一個十足的莊稼漢！」

狄渥密地奇很滿意地望一望自己的整潔的漂亮的身段，他用手掌在外衣袖子上面拂了兩次，整一整硬領，走了。當他回到自己的房裡的時候，他披上一件舊的寢衣，帶著焦灼不安的臉坐在鋼琴的前面。

2

　　密哈伊洛夫娜的屋子幾乎是被視作全省之冠的。這是高大的石建大廈，依照拉斯特雷里的設計，帶著舊世紀的風味，建築在一座小山的頂上，山腳下流著中俄羅斯一道主幹河流。密哈伊洛夫娜本人是富裕的有名望的貴婦人，皇室樞密顧問官的寡婦。柏達列夫斯基說她認識全歐羅巴，全歐羅巴也都認識她！話雖如此，歐羅巴是很少有人認識她的，就是在彼得堡她也不成為重要的角色，只是在另一方面，在莫斯科，人們都認識她，來拜訪她。她是屬於社會的最高層，被稱作相當有點乖僻的女人，脾氣不很好，但是異常精明能幹。在她年輕的時候是很美的。詩人們獻詩給她，青年們都愛上她，高貴的男子們都願意作她的臣僕。但是過了二十五年，三十年，往昔的姿顏絲毫不留。現在倘使有什麼人初次見她，便不禁要自問，難道這女人──皮包骨頭，尖鼻子，黃蠟面，雖則年紀不算老──曾經是美麗的麼？難道她真的是那曾予詩人以靈感的那個女人麼？……而他便會暗暗驚於濁世花花草草的無常了。據柏達列夫斯基的發現，說密哈伊洛夫娜還不可思議地保留著一雙非凡的眼，這是真的，但是我們都知道柏達列夫斯基還是堅持著全歐羅巴人都認識她哩！

　　密哈伊洛夫娜每年夏天都帶著她的孩子（她有三個孩子，十七歲的女兒娜泰雅，還有兩個九歲和十歲的男孩）到鄉間來。她的鄉間住宅是開放著的，這就是說她招待男

士們，特別是未婚的男士們，至於鄉間淑女她是忍受不了不予招待的。但是還施其身的，她從那些鄉間女士們那裡所得到的待遇是什麼呢？據她們說，密哈伊洛夫娜是傲慢的，不道德的，難堪的暴君，尤其是——她在說話中自由放縱，這是極可厭的！密哈伊洛夫娜當然在鄉間並不留心禮節，在她的沒有拘檢的態度中，可以覺得是有幾分像都市的母獅君臨她四周沒有教養和膚淺的群屬似的那種輕蔑的神情。就是在她自己的一群中間，她也有一點隨便而帶譏諷的態度，只是沒有輕蔑的形跡。

順便說一句，讀者，你曾否留心到一個對於下屬非常隨隨便便的人而對於上級的人卻永不會隨隨便便的麼？這是什麼緣故？但是這種問題也推不出什麼結論。

當狄渥密地奇終於把泰堡的練習曲在心頭記熟了之後，從他明淨愉快的室中走到客廳裡來，他看見全家人都聚集在那裡了。家庭聚會已經開始。女主人倚在一張寬闊的榻上，兩腳縮著，手裡拿了一本新出版的法文小冊子，靠窗；在刺繡棚架的後面，一邊坐著密哈伊洛夫娜的女兒，一邊坐著女教師彭果小姐，是一位乾瘦的六十多歲老處女，花花綠綠的帽子底下戴著黑假髮，耳朵裡堵著棉花；靠近門的一角擠縮著巴西斯它夫，在看報，貝耶和樊耶在他的身邊玩將棋；還有，靠身在壁爐旁邊，兩手反握在背後，是一位身材低矮的男子，黝黑的臉，灰白的頭髮，炯炯的小黑眼睛——這就是阿菲利加·塞美尼奇·畢加梭夫。

這位畢加梭夫是一位古怪的人物。對於任何事任何人——特別是女人——都十分刻薄，他自晨至暮都惡聲不絕，有時罵得很得當，有時是相當傻氣的，但總是很有趣。他的壞脾氣幾乎是近於稚氣了，他的笑，他說話的聲音，他的全部，都好像在毒液裡浸過似的。密哈伊洛夫娜親切地接待他，他的笑料使她快樂。這些笑料自然是再荒謬不過的。他老是歡喜誇張。譬如，假如有人告訴他有什麼不幸的事情發生了，或是一個村莊被雷打了，或是一座磨坊被水淹了，或是一個農夫被斧頭劈傷了手指，他便一定要問，帶著濃厚的苦澀說：「她叫什麼名字？」這就是說惹起這場災禍的女人叫什麼名字，因為根據他的信條，只要你對這椿事追究到底，一切的不幸都是女人的緣故。他曾有一次跪倒在一位貴婦面前，這貴婦人原不過只請他吃了一頓小點心，和他並不怎樣熟識，而他淚眼汪汪的，臉上滿露慍怒之色，說是求她發發慈悲吧，說是他也沒有什麼得罪她的地方，說是將來永遠不再見她。又有一次，一匹從山上衝下來的馬把密哈伊洛夫娜的一個女傭人撞到小溝裡去，她幾乎死掉。從那時候起，畢加梭夫一提到那匹馬就連說「好馬，好馬」，他甚至於把那座小山和這條溝當作特別好景致的地點。畢加梭夫一生塞淹，所以陷於這怪癖的瘋狂了。他生於窮困的家庭。他父親曾經當了好幾個小差使，簡直不會寫讀，也不讓把兒子的教育問題來麻煩自己，他給他吃給他穿便完了。他的母親是寵他的，但是很早便死了。畢加梭夫自己教育自己，先進區立學

校，繼進中學，他自己讀法文、德文，以至拉丁文，他得了最優等的證書離開中學，跑到道爾伯大學去。在那裡，他不斷地和貧苦搏鬥，但終於讓他讀完三年的課程。畢加梭夫的才能是不會超過中庸的水平線的，他的優點便是堅忍和耐苦，但是他心中最強有力的感情便是「野心」，總想要躋進高等社會裡，不肯次人一等，來向命運洩憤。他進了道爾伯大學，努力用功讀書，都是為了這野心。貧困激怒了他，使他變成敏於觀察而狡猾。他的言語表達都是獨創一格，自從他幼年他便採用了一種刺耳的帶挑撥性的特別口才。他的思想也不會超過普通水準，但是他說話的方法使他看來好像不僅是聰明，並且是十分聰明伶俐的人。得了學士學位之後，畢加梭夫決心致全力於教學的職業，他知道在別的事業中他是不能和他的同伴們比肩的。他試想從高級人士中選出他的同伴。也知道怎樣去討他們的歡喜，甚至不惜曲意阿諛，雖則老是在辱罵他們。但是要教書他還沒有──說得明白點──充分的教材。並不是愛讀書而讀書，畢加梭夫所知道的東西很少。他很可憐地在論文口試時失敗了，同時另外一位和他同寢室的同學，常常成為他取笑的題材的，一位才能很有限但是受過很好教育的，卻完全成功了。這回的失敗使畢加梭夫發火，把所有書籍和抄本投入火裡，到一個政府機關裡做事。開頭他做得並不壞，他是一個好職員，不很活動，卻絕對有自信而勇敢，但是他想攢得更快一點，他失足了，不得不辭職。他在自己購置的田產中度過了三年，突然和一個受過

半三不四教育的有錢女人結了婚，這女人便是被他那種無禮貌的連諷帶刺的態度釣來的。但是畢加梭夫的性情竟成為如此暴戾易怒，家庭生活於他是不堪其疲倦。他的夫人和他一起同居了幾年之後，祕密地跑到莫斯科，將地產賣給一位企業家，而畢加梭夫還在那塊地皮上剛蓋了一幢房子。受了這最後的打擊，畢加梭夫開始和他的太太打官司，什麼也沒有得到。自此以後他便孤獨地住著，他跑去找曾經在背後或當面受過他的辱罵的鄰居，因為他也沒有什麼可怕，他們便都忍住了笑歡迎他。他的書都丟到腦後去了。他有百來個農奴，他的農奴的境況都還好。

「啊！康斯坦丁，」當柏達列夫斯基走進客廳裡來的時候，密哈伊洛夫娜說：「亞歷克山得玲納（即亞歷克山得拉的愛稱）來麼？」

「巴夫洛夫娜託我謝謝，她非常高興。」狄渥密地奇回答。很和藹地向四面各方行禮，將指甲修剪成三角形的肥白的手指掠過光潔無疵的頭髮。

「服玲薩夫也來麼？」

「來的。」

「這樣，照你的說法，阿菲利加·塞美尼奇，」密哈伊洛夫娜轉身向畢加梭夫繼續說：「所有的年輕女人都是裝腔作勢的麼？」

畢加梭夫嘴巴一歪，興奮地搔一搔臂肘。

「我說，」他用慢吞吞的聲音說——在他動怒的最激烈的情緒中總是慢慢地明確地說：「我說一般年輕的女人

們，——至於在座各位，當然，我不說什麼。」

「這可並不妨礙你對她們作何想法。」密哈伊洛夫娜插進一句。

「我不是說她們，」畢加梭夫重複道；「所有的年輕的婦女們，一般都裝腔作勢到極點——在她們的感情的表現上也要裝腔。假如一位少婦被驚嚇了，比方說，或是什麼東西使她高興，或是失望了，她第一步一定要先擺出一個漂亮的姿態（畢加梭夫張開兩手把身子擺成一個不適當的姿勢）然後她喊了出來——啊呀！或者是笑，或者是哭。雖則我也曾有一次（說到這裡，畢加梭夫露出得意的笑）居然給我從一位最會裝腔作勢的少婦身上引誘出一個天真的未加掩飾的表情來！」

「你怎樣得到的！」

畢加梭夫眼睛發光了。

「我從背後用一根白楊木棒在她的腰邊戳了一下，她喊起來了，於是我對她說：『好哪！好哪！這是自然的聲音，這是真的叫痛！你以後要常常如此！』」

客廳裡的人們都笑了。

「你說的什麼廢話，阿菲利加·塞美尼奇，」密哈伊洛夫娜大聲說；「難道我能夠相信你敢用木棒在女孩子的腰邊戳一下麼？」

「是的，真的，用一根木棒，一根很粗的木棒，像守衛堡壘用的那種粗木棍。」

「你所說的真可怕，先生。」彭果小姐喊道。怒目眄

視著笑得不歇氣的孩子們。

「哦，你不要相信他。」密哈伊洛夫娜說：「你難道不知道他麼？」

但是惹怒了的法蘭西太太很久不能平息下來，儘管自己對自己喃喃著。

「你毋需相信我，」畢加梭夫冷冷地說：「但是我可以向你擔保我所說的是單純的事實。除了我還有誰知道？就此你也許不肯相信我們的鄰居，愛倫娜·安東諾夫娜·柴布茲太太，她親口告訴我，——請注意，『親口』——說她謀害了她的外甥。」

「捏造啊！」

「等一等，等一等！聽著，由你們自己去評判。請想一想，我並不想誹謗她，甚至於我也正如一般人愛女人似地愛她。在她的屋子裡除了一本日曆之外沒有別的書，除了高聲朗讀以外不會看，而這種讀書的勞作會使她陷於極度的疲勞，說是眼睛像要爆出額角外面來似地叫苦……總而言之，她是一個好女人，她的使女們都吃得很好。我為什麼要誹謗她？」

「你們看，」密哈伊洛夫娜道，「塞美尼奇騎上他癖愛的馬了，不到晚上他不會下來。」

「我癖愛的馬，但是女人們至少有三隻！除非在晚上睡著的時候，才肯下來。」

「那三種癖好？」

「好責難，好誹謗，好反駁。」

「你知道，塞美尼奇，」密哈伊洛夫娜說，「你不能無緣無故對女人如此刻薄。一定有什麼女人或別的……」

「害了我麼，你的意思是？」畢加梭夫打斷了她的話。

密哈伊洛夫娜有點為難了，她記起畢加梭夫不幸的婚姻，只是點一點頭。

「確曾有一位女人害了我，」畢加梭夫說：「雖則她是好的，很好的人。」

「是誰？」

「我的母親。」畢加梭夫說，放低了聲音。

「你的母親？她害了你什麼？」

「她把我生到這人世間來。」

密哈伊洛夫娜皺一皺眉頭。

「我們的談話，」她說，「好像轉向陰暗的方向去了。康斯坦丁，替我們彈一支泰堡的新練習曲。我敢說音樂能夠安慰塞美尼奇的。奧菲斯（希臘神話中色拉斯王與女神卡麗奧比之子。愛普羅授之以琴，眾女神教之，遂成七絃琴聖手。奏時，岩石，草木，野獸，莫不感動。）馴服了野獸。」

狄渥密地奇在鋼琴前面就座，曲子彈奏得相當好。娜泰雅・亞歷舍耶夫娜起先很注意地聽著，然後又低頭到繡花工作上面去。

「謝謝，這美妙極了！」密哈伊洛夫娜說：「我愛泰堡。他是這般出色。你作何感想，塞美尼奇？」

「我想，」塞美尼奇慢慢地說，「世上有三種自我主義者，自己生活著同時也讓別人生活著的自我主義者，自己生活著而不讓別人生活的自我主義者，和自己不生活著又不肯讓別人生活的自我主義者。女人，大部分，是屬於第三種。」

「說得多文雅！只有一件事情使我驚異的，塞美尼奇，就是你對於自己的判斷的自信，好像你是永不會錯誤的。」

「誰說這樣？我也有錯誤，人會犯錯誤的。但是你知道男人的錯誤和女人的錯誤的區別麼？你知道麼，這就是，一個男人會說，打個譬喻，兩個的兩個不是四個，而是五個。或者是三個半。但是一個女人會說兩個的兩個等於一枝蠟燭。」

「我好像聽到過你從前曾經說過這番話。但是請你允許我問一聲，你所說的三種自我主義者和剛才你聽的音樂有什麼連帶關係？」

「一點也沒有，我並沒有聽音樂。」

「罷了，『我看你是無可救藥。病根也便在這裡。』」密哈伊洛夫娜回答說，引用了格里卞耶陀夫（1775 — 1829，俄國劇作家，成名作為《聰明誤》）的詩句，稍微竄改了一下。「你喜歡什麼呢？既然你無心於音樂。文藝麼？」

「我歡喜文藝，只是不喜歡當代的文藝。」

「為什麼？」

「我可以告訴你為什麼。最近我和一位大人先生同乘渡船過鄂迦河，渡船靠峻壁停泊。這位先生有一輛笨重的四輪馬車，他們必須用手把馬車拉上岸去。當船夫使盡力氣把這輛馬車拉到岸上去時，這位先生站在渡船裡，一面哼嘆，一面發牢騷，叫別人聽了替他可憐！⋯⋯對啦，我想，這便是分工制度的一張活現的圖畫！正像我們的現代文藝，別人在做工而他在哼嘆。」

密哈伊洛夫娜笑了。

「而這便是所謂表達現代生活，」畢加梭夫滔滔不絕地繼續往下說，「予社會的種種問題以深切的同情等等⋯⋯哦，我是如何痛恨這些唱高調的話！」

「可是，你所攻擊的女人們──她們至少沒有使用這些大話。」

畢加梭夫聳一聳肩。

「她們不用這些大話，因為她們不知道。」

密哈伊洛夫娜臉微微一紅。

「你愈說愈霸道起來了，塞美尼奇！」她說，帶著勉強的笑。

室內一片靜寂。

「梭羅它諾夏在什麼地方？」一個男孩子突然問起巴西斯它夫來。

「在波泰瓦省，親愛的孩子，」畢加梭夫回答，「在烏克蘭。」（他很高興有個機會把話鋒轉過來。）「我們剛才談到文藝，」他繼續說：「假如有錢給我花，我立刻便

會成一位烏克蘭詩人。」

「啊呀呀！你會是一個了不起的詩人哩，」密哈伊洛夫娜譏諷地說。「你懂得烏克蘭話麼？」

「一點不懂，但這並不需要。」

「不需要？」

「哦，不，不需要。你只要拿一張紙，在頂端寫了『沉思』兩字，於是便像這樣地開始，『哎，噯啦，我的命運啊！』或者是『唉薩克奈里焚訶坐在小山上，坐在大山上，綠樹的蔭下鳥兒在唱，嘎喇兮，伐羅啪兮，咯咯！』或者類似這樣的東西。便完成了。付印，出版，烏克蘭人讀了它，低下頭來埋在掌裡，眼淚便汩汩地湧出來，原是善感的靈魂啊！」

「天啊！」巴西斯它夫喊道。「你在說些什麼？這是荒唐得怎也說不過去。我曾經在烏克蘭住過……我愛它，知道它的語言……『嘎喇兮，嘎喇兮，伐囉啪兮，』絕對地毫無意義。」

「也許是的，但是烏克蘭人也一樣會流淚，你說到『語言』……有一種烏克蘭語言麼？據你的意見，這是一種『語言』？一種獨立的語言？要我同意這句話，就是頂好的朋友，我也要把他放在石臼裡搗個稀爛。」

巴西斯它夫正想反駁。

「由他去吧，」密哈伊洛夫娜說。「你知道從他那裡除了矛盾的話之外是聽不到什麼的。」

畢加梭夫解嘲似地笑著。一個僕人走進來通知說巴夫

洛夫娜和她的兄弟來了。

密哈伊洛夫娜站起身來迎接她的客人。

「你好，亞歷克山得玲納？」她說，跑上前去，「你是多麼好意，光臨舍下！……你好麼？塞爾該‧巴夫里奇？」

服玲薩夫和密哈伊洛夫娜握手，跑到娜泰雅身邊。

「但是那位男爵怎樣了啦，你的新相知，他今天要來麼？」畢加梭夫問。

「是的，他要來。」

「他們說他是一位大哲學家，他滿肚子都是黑格爾哲學。」

密哈伊洛夫娜沒有回答，請巴夫洛夫娜坐在沙發上，自己也坐在她的旁邊。

「哲學，」畢加梭夫繼續說，「崇高的觀點！這又是我極憎惡的，這些崇高的觀點。從高高的上面你能夠看得見什麼呢？真的，假如你要買一匹馬，你用不到爬到尖塔上去看啊！」

「這位男爵要拿一篇論文來給你麼？」巴夫洛夫娜問。

「是的，一篇論文，」密哈伊洛夫娜回答，態度非常冷淡，「論俄國之商業與工業之關係……但是不要著慌，我們不在此地宣讀它……我請你來並不是為了這個。男爵是和藹可親而又博學的。他的俄國話說得很漂亮！真是口若懸河，會把你沒頂沖走的。」

「他俄國話說得很漂亮，」畢加梭夫咕噥道，「值得用法國話去稱讚他。」

「你要咕噥便逕自去咕噥好了，塞美尼奇……恰配你的一頭亂髮……我奇怪，為什麼他不來。你們知道什麼把他……先生們，太太們，」密哈伊洛夫娜看一下四周，又說，「我們到花園裡去，離吃飯時間差不多還有一個鐘頭，天氣又晴朗。」

大家站起身來，到花園裡去。

密哈伊洛夫娜的花園一直伸展到河邊。古老的菩提樹一行行地排列著，園中充滿了陽光、陰影，和雲氣，在小徑的盡端，可以望見翠綠的一片，還有許多荊毬花和紫丁香花的園亭。

服玲薩夫伴著娜泰雅和彭果小姐向樹蔭濃密的地方走去。他默默地在娜泰雅旁邊走著。彭果小姐稍微離開一點跟在後面。

「你今天做些什麼事？」終於服玲薩夫開口問了。用手摸一摸他好看的棕黑色的短髭。

在容貌上他異常像他的姊姊，但是在他的表情中比較缺少輕鬆和活潑，他柔媚美麗的眼睛帶著幾分憂鬱。

「哦，沒做什麼，」娜泰雅回答。「我聽了畢加梭夫的譏諷談話，在花繃上面繡了幾朵花，還看了一點書。」

「你看什麼書？」

「哦，我看了──《十字軍戰史》，」娜泰雅說，帶著猶疑的樣子。

服玲薩夫望著她。

「啊！」他終於吐出一句來，「這一定很有趣的。」

他折了一根樹枝，在空中揮舞著。他們又走了三十多步。

「你的母親認識的那位男爵是誰？」服玲薩夫又重新開口。

「一位宮廷的侍臣，一位新客，媽媽極推崇他。」

「你的母親是很容易把別人想作好得不得了的。」

「這就表示她的心還年輕。」娜泰雅說。

「是的，不久我可以把那匹馬送來給你了。牠現在差不多訓練熟了。我還要教牠奔馳，不要多久便可以教好的。」

「謝謝！但是我很不好意思，你親自訓練牠……他們說這是很辛苦的！」

「只要你歡喜，你知道，娜泰雅，我準備著……我……這點小事算得了什麼？——」

服玲薩夫漸漸慌張無措了。

帶著友誼的鼓勵，娜泰雅望著他，重說一遍，「Merci！」

「你知道，」停了好久，巴夫里奇繼續道，「這算不得什麼……但是我為什麼說這話，一切你都已明白。」

在這時候屋內的鈴聲響了。

「啊！晚飯鐘！」彭果小姐喊道，「我們回去吧！」

「多可惜，」當她跟在服玲薩夫和娜泰雅的後面，走

上陽臺的石級時，老法蘭西小姐這樣想，「這位漂亮的小子講話這般拙訥，多可惜。」這句話可以翻譯過來說，「你是一個好小子，我的好孩子，但是有點遲鈍。」

男爵沒有來吃晚飯。他們又為他等了半點鐘。餐桌上談話是鬆懈了。巴夫里奇坐在娜泰雅旁邊，只是瞧著她，很殷勤地替她在杯子裡加水。柏達列夫斯基徒然想討他的鄰座巴夫洛夫娜的歡喜，連珠串地說了許多讚美的話，但是她熬不住要打呵欠了。

巴西斯它夫把麵包搓成小球，什麼也沒有想，就是畢加梭夫也沉默著。密哈伊洛夫娜提醒他說今天不大有禮貌，他莽撞地回答，「什麼時候我曾有禮貌的呢？這不是我的本色，」臉上浮起一陣苦笑，又說，「稍微忍耐一下，我不過是麥酒（Kuas）你知道，普普通通的（du simple）俄羅斯麥酒，但是你的宮廷貴人──」

「妙極！」密哈伊洛夫娜喊道，「畢加梭夫是妒忌，他已經在吃醋了。」

但是畢加梭夫並不回答她，只斜瞄了一眼。

七點鐘響過了，他們又聚集到會客室裡面。

「很明顯的。他不來了，」密哈伊洛夫娜說。

但是，聽到了一陣陣車輪聲，一輛馬車跑進院子裡來，不一會，一個僕人跑進客廳，銀碟子上面托著一封信，遞給密哈伊洛夫娜。她看過信後，回頭問僕人說：

「送信來的那位先生在那兒呢？」

「他坐在車裡，要請他上來麼？」

「請上來。」

僕人跑出去。

「試想，多討厭！」密哈伊洛夫娜繼續說，「男爵接到了召命，要立刻回彼得堡去。他把他的論文叫一位他的朋友羅亭送來，——男爵非常稱讚他，要把他介紹給我。但是這多討厭！我原希望男爵在這裡住一些時候的。」

「德密特里・尼哥拉伊奇・羅亭。」僕人通報道。

3

一位年約三十五歲的男人走進來，身材很高，微微有點佝僂，鬈曲的頭髮，黝黑的皮色，一張不勻稱但是有表情的聰穎的臉，水汪汪發亮的活潑的深藍眼睛，筆直的廣闊的鼻，和弧形完整的嘴唇。他的衣服不新，有幾分過窄，好像是因為身體長大了，所以不合身。

他小心翼翼地走到密哈伊洛夫娜的前面，欠身一鞠躬，告訴她說是他很久便渴慕著能被介紹到她跟前來的榮幸，說是他的朋友男爵不能親自到她這裡來辭行，深引為憾。

羅亭的尖細的聲音和他高大的身材以及廣闊的胸部似乎不大調和。

「請坐……我很高興，」密哈伊洛夫娜喃喃地說，在將他介紹給其餘的在座的人之後，她問他是本地人還是作客。

「我的田莊在T省，」羅亭回答，把帽子放在膝上。「我在此地住得不久。我是為了一點事務來的，在貴區暫住幾天。」

「和什麼人一起？」

「和那位醫生。他是我大學裡的老同學。」

「哦，那位醫生。他是很有名的。人們說他的醫術很好，你認識那位男爵很久了麼？」

「我是去年冬天在莫斯科遇見他的，最近我和他在一

起過了一個禮拜。」

「他是很聰明能幹的人，這男爵。」

「是的。」

密哈伊洛夫娜嗅一嗅灑著香水的褶縐的小手巾。

「你是在政府機關裡服務嗎？」她問。

「誰？我嗎？」

「是。」

「不。我退職了。」

接著是短時間的靜默，大家便重又接談起來。

「假如你不嫌我多嘴，允許我瑣屑地問，」畢加梭夫朝著羅亭開始說：「你知道男爵閣下送來的那篇論文的內容麼？」

「是的，我知道。」

「這篇論文述及商業的關係……不，我國商業與工業的關係……這就是你所說的，我想，密哈伊洛夫娜？」

「是的，述及……」密哈伊洛夫娜說，將手按在額上。

「我，當然，對於這些問題是劣等的評判者，」畢加梭夫繼續說：「但是我須得承認在我看來甚至於這篇論文的題目都好像非常（我怎樣說得文雅一點呢？）非常難解複雜。」

「為什麼對你覺得這樣？」

畢加梭夫笑了一笑，向密哈伊洛夫娜看了一眼。

「對於你很清楚麼？」他說，將狡猾的臉轉向著羅

亭。

「對於我？是的。」

「嘸。無疑你一定知道得比較詳盡。」

「你頭痛麼？」巴夫洛夫娜問密哈伊洛夫娜。

「不。只是——神經不寧。」

「請容許我問，」畢加梭夫又開始帶著鼻音問。「你的朋友，繆法男爵閣下，我想這是他的名字罷？」

「正是。」

「繆法男爵閣下是對政治經濟有特殊的研究，還是他只在公餘和應酬之暇，抽點工夫來研究這饒有興趣的問題？」

羅亭目不轉睛地直望著畢加梭夫。

「男爵在這方面是一個業餘愛好者，」他回答，有點面紅，「但是在他的論文裡面有很多有趣味的材料和公允的見地。」

「我不能夠和你爭論，我沒有讀過這篇論文。但恕我大膽地問——你的朋友繆法男爵的大作無疑地大部分是立論在一般的定理上多過基於事實吧？」

「有事實也有基於事實的定理。」

「是的，是的，我必得告訴你，在我的意見，——我當然有權利發表我的意見，只要機會允許；我在道爾伯大學待了三年……這些，所謂一般的定理、假設，和體系，我是一個鄉下人，我粗魯地說話毫無掩飾——是絕對毫無價值的。這一切只好講理論——只好用來騙人。給我們以事

實，先生，便儘夠了。」

「真的！」羅亭反駁道，「難道不應該找出事實的真義來麼？」

「一般的定理，」畢加梭夫繼續道：「這些是我最憎惡的東西，這些一般的定理，理論，結論。這些全都是根據所謂的『信仰』；每一個人都說起他的信仰，把它當作了不起，以有了它自驕。呸！」

畢加梭夫向天搖起拳頭。柏達列夫斯基笑了。

「妙極！」羅亭插口道：「那麼據你說來是沒有什麼信仰之類的東西了。」

「不，沒有。」

「這就是你的信仰麼？」

「是的。」

「那麼你怎樣可以說是沒有這東西呢？你便先有了一個。」

客廳裡的人都笑了，彼此你看我，我看你。

「等一等，等一等，但是——」畢加梭夫開始……

但是密哈伊洛夫娜拍著兩手喊道：「好極，好極，畢加梭夫被打倒了！」她輕輕地從羅亭的手裡把帽子拿過去。

「不要忙開心罷，太太，還有很多的時間！」畢加梭夫帶著厭煩的神氣說。「說了一句俏皮話，擺出超然的神氣，這可不夠；還得要證明，辯駁。我們話岔到討論的問題外去了。」

「對不起，」羅亭冷冷地說：「事情是很簡單的。你不相信一般定理的價值——你也不相信『信仰』麼？」

「我不相信，我什麼都不相信。」

「很好，你是一個懷疑主義者。」

「我看沒有引用這種專門字眼的必要，無論如何——」

「不要停止，往下說！」密哈伊洛夫娜插口道。

「向他反駁哪，老狗！」柏達列夫斯基同時在肚子裡說，他滿面笑容。

「這傳達意義的字眼，」羅亭接著說：「你懂得的；為什麼不能用？你什麼也不相信，為何要相信事實呢？」

「為何？問得好！事實是經驗的事物，任何人都知道事實是什麼。我憑經驗去評判它，憑我自己的感覺去評判它。」

「但是你的感覺便不會騙了你麼？你的感覺告訴你說太陽是繞著地球轉的……也許你不同意哥白尼克斯（1473－1543，波蘭天文學家，地動學說之始創者）罷？你連他都不相信麼？」

又是一陣微笑掠過各人的臉，所有的眼睛都凝集在羅亭的身上：「他並不笨」，每個人都這樣想。

「你喜歡開玩笑，」畢加梭夫說。「當然這是很獨創的，但這並不是我們所要討論的一點。」

「直到此刻我所說的，」羅亭回答，「可惜是，很少獨創的，一如在很久以前便早知道了的，都是說過一千遍了的。但是問題的關鍵不在這裡。」

「那麼是什麼？」畢加梭夫問，口氣有幾分無禮。

在辯論中他時常要先把對手揶揄一番，然後漸漸繃起面，終至於發怒不說話了。

「這就是，」羅亭繼續道：「我不能不，我承認，覺得由衷地遺憾，當我聽到明理人也在攻擊——」

「這些體系麼？」畢加梭夫插進一句。

「是的，隨便你說，就是體系吧。在這個字眼裡什麼東西嚇怕了你？每一種體系都是建立在基本定律的智識上，生命的原則——」

「但是沒有人知道這基本定律，永遠也沒有人能夠去發見它。」

「我敢說。要每一個人去懂得這些定律不是容易的，錯誤是人類的天性。可是，你當然也和我同意，比方說，牛頓，至少也發現幾條基本定律罷？我們得承認，他是一位天才，但是天才的發明的偉大處，就是因為這發明成了大眾的。在包羅萬象中去發現宇宙的原則的努力是人類思想的特徵，我們文化的精髓。」

「你想說的便是這句話！」畢加梭夫懶洋洋地插嘴道：「我是一個講求實際的人，所有這些形而上學的玄虛我不參加討論，也不想參加討論。」

「很好，隨你高興。但是請你注意，你要成唯我獨尊的實際人，你的願望本身就是你的體系——你的理論，」

「你說到文化！」畢加梭夫突然說；「這又是你另一種想令我們吃驚的東西！這搪得很響的文化，用處很大。

我可不肯花一個銅板來買你的文化！」

「多麼拙劣的強辯啊，塞美尼奇！」密哈伊洛夫娜說，心裡很高興她的新朋友十分優雅的態度和鎮靜。「這是有教養的人，」她想，懷著善意的窺察，望著羅亭。「我們要好好兒栽培他。」這最後的一句話，是用俄文在心裡對自己說的。

「我並不要為文化辯護，」停了一回，羅亭繼續說：「它也毋需我的辯護。你不歡喜，那也是各有所好。而且，我們說得太遠了。讓我只是向你提起一句古話罷，『周彼得，你發怒了；所以你錯了。』我的意思是說這些對於一般定理的體系的抨擊是非常可悲的，因為隨著這些體系他們把一般智識，一切的科學和信仰都一齊擯棄了，隨之也擯棄了他們對自己的自信，對自己的能力的自信。但是這種自信於人是不可少的；人們不能夠單靠五官感覺生存，他們懼怕理想，也不信靠它，他們是錯了。懷疑主義常常是無知識和無能力的特徵。」

「這都是掉文弄字啊！」畢加梭夫喃喃地說。

「也許是的。但是讓我指給你看，當我們說『這都是掉弄文字啊！』的時候，便是想要避免說一些比文字更實際的東西。」

「什麼？」畢加梭夫說，眨一眨眼睛。

「你知道我所說的意思，」羅亭反譏道，帶著不由自主的但立刻抑制的不耐煩。「我說，假如人沒有可以信賴的堅定的原則，沒有足以站得穩定的立腳點，他怎樣能夠

對他的國家的需要，趨勢，和將來作正確的估計，他怎樣能知道他應該怎樣做？假使——」

「由你去說罷。」畢加梭夫突然說了一句，鞠一個躬，什麼人也不看退到一旁去了。

羅亭凝望著他，微微一笑，不說什麼。

「呵！他逃走了！」密哈伊洛夫娜說：「不要緊，德密特里……對不起！」她加上一句，帶著真心的微笑，「你的父名叫什麼？」

「尼哥拉伊奇。」

「不要緊，親愛的德密特里・尼哥拉伊奇，他瞞不過我們的。他只是表示不『願』再爭論罷了。他體會到他『不能』和你爭辯。但是你最好坐靠近一點，讓我們談一談好麼？」

羅亭把椅子移近前去。

「怎樣直到現在才相識？」密哈伊洛夫娜。「這真是意料不到的機緣。你讀過這本書麼？這是托克維（1805－1859，法國政法家及政論家）寫的，你知道麼？」

密哈伊洛夫娜將那法文的小冊子遞給羅亭。

羅亭把薄薄的書本接在手中，翻了幾頁，放在桌子上，回答說他不曾讀過托克維先生這部作品，但是他對於他所研究的問題是時常加以思索的。話頭引開了。羅亭開始好像躊躇不定，不敢放膽自由地說；他的話句不很流暢，但是到後來漸漸熱烈起來，開始滔滔不絕大發宏論。在一刻鐘之後，客廳裡只聽見他的聲音。大家都擠做一圈

圍繞著他。

只有畢加梭夫遠遠地靠壁爐的角上。羅亭口齒伶俐地，熱情地，果斷地談著；他顯出很有學問，書讀得很多。誰也不曾料到他是一位了不起的人物。他的衣著平凡，他一步強似一步地令人驚奇，簡直可以說，他把他們都迷住了，打頭從密哈伊洛夫娜數起。她很得意發現了他，而且已經在想如何將羅亭介紹到上流社會裡去。雖然年紀不小，在容易接受別人的印象這一點看來，她是很有點孩子氣的。巴夫洛夫娜，說老實話，她很少懂得羅亭所說的，但是充滿了驚奇和喜悅；她的弟弟也羨慕他。柏達列夫斯基看到密哈伊洛夫娜的神態，滿懷嫉妒。畢加梭夫在想，「假如我有五百盧布，我買一隻夜鶯來，唱得比他好聽些哩！」但是在這群人中最被感動的是巴西斯它夫和娜泰雅。巴西斯它夫連呼吸都屏住，整個時間坐在那裡，口張開，睜著圓眼聽著——聽著，他生平從不曾這般聽別人講話——娜泰雅臉上浮起一陣紅暈，她眼睛不移動地注視著羅亭，同時有點迷糊而又發光。

「他的眼睛多光彩？」服玲薩夫在她的耳邊輕輕地說。

「是的。」

「只可惜雙手太大，而且發紅。」

娜泰雅沒有回答。

茶端上來。大家隨便談著，但是羅亭一開口，大家便突然不約而同地一聲不響，由此也不難推斷他給人的印象

之深了。密哈伊洛夫娜突然想要挖苦一下畢加梭夫。她跑到他前面，低聲地向他說：「為什麼你不說話而只是輕蔑地笑著？來，再跟他較量一下。」不等他回答，便招呼羅亭說。

「他還有一件事你不知道。」她說，手指向畢加梭夫，「他是痛恨女人者，他時常攻擊她們；請你指示他以正路。」

羅亭望向畢加梭夫，他比他高很多，需要向下看。畢加梭夫幾乎氣得僵了，他臉都青了。

「密哈伊洛夫娜錯了，」他以不堅定的聲音說：「我不只攻擊女人，對於整個人類我也不大讚美。」

「為什麼你這樣地蔑視人類呢？」羅亭問。

畢加梭夫直望著他的臉。

「研究自己的心的結果，無疑地，我發現自己的心一天不如一天地更為可鄙。我將自己來推度別人。也許這是不公平的。也許我比別人壞得多，但是你叫我怎麼辦？這已成了習慣了。」

「我了解你，同情你，」羅亭回答：「凡是高潔的靈魂誰不曾體驗到需要自謙呢？但是人不應該滯留於這種情況裡面。」

「我深深感謝你給我的靈魂以高潔的證明，」畢加梭夫反駁說。「至於我的情況，並不壞，所以就是有了一條出路，讓鬼去走罷，我不想去找它！」

「但是這就是說——原諒我這樣說法——你寧願在自己

的個人主義裡得到喜悅與滿足，而不希求真理或是生活在真理裡面。」

「哎呀！」畢加梭夫喊道，「個人主義——這我是懂得的，你，我想，也是懂得的，任何人都懂得的；但是真理是什麼？在那裡？這真理！」

「讓我提醒你，你又在說老話了。」密哈伊洛夫娜說。

畢加梭夫聳一聳肩。

「就算是，說幾句老話有什麼關係？我問：真理在那裡？就是哲學家也不知道這是什麼。康德說是這樣的東西；但是黑格爾說——不，你錯了，這是另一回事。」

「你知道黑格爾怎樣說麼？」羅亭問，不曾提高聲音。

「我再說一遍，」畢加梭夫繼續道，有點動火了，「我不懂真理的意義是什麼。照我的意思，世界上根本沒有這樣東西存在，這就是說，這兩個字是有的，但是本身沒有。」

「呸，呸，」密哈伊洛夫娜喊道：「我奇怪你這樣說竟不以為可恥，你這老惡棍，你！沒有真理麼？果真如此，那麼生活在這世上還有什麼意義？」

「好啦，我簡直想說一句，密哈伊洛夫娜，」畢加梭夫反駁道，帶著不耐煩的聲調，「無論如何，在你，沒有真理的生活總比沒有廚子斯芬——他燒湯是拿手——的生活過得要舒適些。你要真理做什麼用？請你告訴我，又不

能用它來裝飾帽沿!」

「開玩笑算不得正論,」密哈伊洛夫娜說:「尤其是你涉及侮辱個人方面。」

「我不知道真理,但顯然的你並不喜歡老實話。」畢加梭夫咕噥道,他帶怒地回到他的老地方去了。

於是羅亭開始說到個人主義者的雄心,他說得很好。他指出人假使沒有雄心便是無價值的,雄心是可以把地球從它的基礎上移動的槓桿(這是古希臘數學家亞基米德的話:「假如給我以立足點,我可以用槓桿把地球移動。」)。只有能夠制馭雄心,如騎師制馭他的馬一樣,犧牲個人利益,為大眾謀福利的人才配得上稱為人。

「個人主義,」他結束道,「是自殺。個人主義者將如孤獨的不結果實的果樹般枯萎;但是個人主義者的雄心,是臻於完善的動力,一切偉大事業的淵源。……是的!一個人應該剔除他人格上頑固的個人主義,而使之能自由地表達自己。」

「你借我一枝鉛筆好麼?」畢加梭夫問巴西斯它夫。

巴西斯它夫一時不懂畢加梭夫的用意。

「你要一枝鉛筆做什麼?」他終於問。

「我想把羅亭先生最後的一句話寫下來,假如不抄錄下來是會忘記了的。那就糟了。我想你一定同意,類似這樣的話就像是打牌胡滿貫一樣難得。」

「對於有些事情取笑胡鬧是可恥的,塞美尼奇!」巴西斯它夫帶著熱情說,背向畢加梭夫扭轉身去。

當這時候羅亭跑近娜泰雅。她站起來一臉迷惘。服玲薩夫，坐在她旁邊的，也站了起來。

「我看這裡有架鋼琴，」羅亭，像在外旅行的皇子般溫柔細語地說。「你彈這架琴麼？」

「是的，我彈，」娜泰雅回答。「但是不大好。這位狄渥密地奇先生，彈得比我好得多。」

柏達列夫斯基迎上前來，帶著假裝的笑。

「你不應這樣說，娜泰雅；你彈得並不比我壞。」

「你知道舒伯特（1797－1828 奧地利音樂家）的《魔王歌》（係歌德的故事詩，由舒伯特配譜製成歌曲）麼？」羅亭問。

「他知道，他知道，」密哈伊洛夫娜打岔道。「坐下來。康斯坦丁。你愛音樂麼，尼哥拉伊奇？」羅亭只是微微點一點頭，用手掠一掠頭髮，好像準備聽似的，柏達列夫斯基開始彈奏。

娜泰雅站在鋼琴旁邊，面對著羅亭。樂曲開始的時候，他的臉顯得漂亮起來。他深藍的眼睛徐徐轉動，有時移到娜泰雅身上。柏達列夫斯基奏完了。

羅亭沒說什麼，跑到敞開著的窗口。帶香的薄霧好像輕紗般籠罩著花園，一陣醉人的香氣就近從樹叢送來，星星靜靜地閃耀。夏夜是溫柔的——把一切都軟化了。羅亭凝睨著暗黑的花園，回轉身來。

「這音樂和夜，」他說，「令我想起我在德國時的學生生活；我們的集會，我們的夜歌。」

「你曾經在德國麼，那麼？」密哈伊洛夫娜問。

「我在海德堡一年，在柏林差不多也有一年。」

「你穿著學生裝嗎？聽說他們穿的是很特別的服裝。」

「在海德堡我穿著帶馬刺的長靴，和以帶子代替鈕釦的短上衣，頭髮長到肩膊。在柏林，學生的裝束和普通人的衣服一樣。」

「告訴我們一些你的學生生活吧，」巴夫洛夫娜溫柔地說。

羅亭照做了。但是他對於說故事不大成。他的描畫沒有聲色。他不知道怎樣插諢打趣。可是，從他自己在國外的故事說起，不久又轉到一般的題目上來，教育和科學的特殊價值，大學生活，他用粗健的筆觸描了一個範圍廣泛內涵複雜的略圖。大家都非常注意地聽。他談笑風生，娓娓動聽，意義不十分清楚，但是這點不大清楚的地方，卻替他的語句增添了一種特殊的魅力。

羅亭思想之豐盛使他不能有條理地準確地表現自己。一番幻想過後又是幻想，一個比喻後又是一個比喻——一會兒驚人地大膽，一會兒又異常真實。這不是練習有素的演說家可喜的努力的結果，而是按捺不住隨興所至靈感的噓息。他並沒有思索字句；字句是自發地流到唇邊，每一個字都像從他的靈魂深處迸湧出來，燃燒著信仰的熱火。羅亭最大的祕藏——音樂般的口才，他知道怎樣去撥一條心的弦，而使所有人都莫名所以地顫動著共鳴著。也許很多聽眾不確切明白他講什麼，但是他們的心頭為之嘆息，

好像在他們的眼前揭起了一層幃幕，有什麼光輝燦爛的東西在面前閃耀。

羅亭的一切思想都集中在未來上面。這把他裝成青年熱情奔放的樣子……站在窗口前面，沒有望著任何人，他談著。受了普遍的同情和注意，青年少女和夜的美麗所觸發的靈感，逐著自己的情感的浪潮，達到雄辯滔滔的高點，詩的極致……他說話的聲音，熱烈而柔和，增加了迷人的成分，好像是更高的神靈透過他的嘴說話，他自己也吃驚了……羅亭談到流逝的人生永久的意義何在。

「我記得一個北歐的傳說，」他下結論道：「一個皇帝同他的戰士圍坐在一堆火的旁邊，在一個暗黑的大廳裡面。是冬天夜裡。突然一隻小鳥從開著的窗戶飛進來，又從另一個窗戶飛了出去。皇帝說這鳥好像世上的人，從黑暗飛進來，又向黑暗飛去，停留在溫暖與光明的時光是短暫的……『陛下，』最老的戰士回答，『就是在黑暗中小鳥也不致迷失，牠找到了牠的巢。』這樣，雖則我們的生命是短暫而無形跡，但世上偉大的一切都是人類造成。人自覺是神的工具，這種自覺凌駕一切歡樂之上。在死亡中，他找得到他的生命，他的巢。」

羅亭停止了，低垂下眼睛，帶著無奈的略有難色的微笑。

「你是一個詩人，」密哈伊洛夫娜輕聲說。

其餘的人都暗暗地同意她——除了畢加梭夫。不等到羅亭長篇議論的終結，他一聲不響地拿了他的帽子，跑了

出去，向站在門邊的柏達列夫斯基帶惡意地咬耳朵說：

「不！我受不了，我寧願跟傻瓜們在一起！」

可是沒有一個人想留住他，甚至沒有人注意到他。

僕人端上消夜來，半點鐘後，大家散了，各自回去，密哈伊洛夫娜留羅亭住下來。巴夫洛夫娜在和她的兄弟一起回家去的車中，有好幾次高聲稱讚、驚佩羅亭異乎尋常的智慧。服玲薩夫同意她，雖則在他看來有時候羅亭所表達的有幾分暗晦。「這就是說，不很容易領會，」他添上一句。無疑地他想把自己的意思弄得清楚一點，但是他的臉色沮喪，眼睛凝視著車中的角落，好像比平時更憂鬱。

柏達列夫斯基到臥室裡去，當他解下華麗的繡花的吊帶時，大聲地說：「一個靈巧的傢伙！」突然望向他的僮僕，叫他走出去。巴西斯它夫整夜沒有睡覺，沒有脫衣服──他寫信給他的一個在莫斯科的朋友，直到天亮；娜泰雅呢，她雖則脫了衣服躺在床上，也一刻都沒合眼。她的頭支在手上，目光不移地望著暗處，她的脈搏狂熱地跳動，她的胸口時時噓出深深的嘆息來。

4

第二天早晨羅亭梳洗剛畢，一位僕人跑進來說，密哈伊洛夫娜請他到她的書房裡一起用茶。羅亭看見房裡只有她一個人。她很誠懇地歡迎他，問他晚上睡得好麼，親手替他倒一杯茶，問他茶裡的糖夠不夠，遞給他一枝紙菸，並且重複了兩遍說恨不早認識他。羅亭正想在離她稍遠的座位上坐下，但是密哈伊洛夫娜請他坐在自己沙發旁邊的一把安樂椅上，她身子向著他稍微前俯，開始問起他的家世，他的計畫，和他的旨趣。密哈伊洛夫娜說話漫不經心，聽話也沒精打采似的，但是羅亭十分清楚地知道她在想著使他高興，甚至於恭維他。這早晨的晤面是費了一番安排的，她打扮得非凡樸素卻又高雅，列加美夫人（拿破崙時代著名貴婦人）式的。但是密哈伊洛夫娜不久便停止了向他問長問短，她開始把自己的事情說給他聽，說到她的青年時代，她認識的朋友。羅亭很有興趣傾聽她喋喋不休地說下去，但是——奇怪的是——不論她談到什麼人，她自己總是在幕前，而她所要說的人卻在背景中隱沒不見了。羅亭聽到她對某某顯官說過什麼話，和她曾經予某某著名詩人以什麼影響。照密哈伊洛夫娜的說法判斷起來，好像最近二十五年中所有知名之士，都只是在希求如何和她認識，博得她的好評似的。她隨便地提起他們，不帶特殊的熱情和尊敬，好像他們都是她日常的老朋友，其中有幾個她稱他們是怪人。當她說起他們的時候，好像華麗的

嵌鑲圍繞著一塊無價的寶石，他們的名字排列成珠光寶氣的一圈，環繞著這主要的名字——密哈伊洛夫娜。

羅亭聽，抽紙菸，很少開口，除了偶然在她滔滔不絕的話裡插入一兩句簡短的意見。他說得好，也歡喜說話，接談對話卻不擅長，他是一位知趣的聽者。任何人——只要開頭不感到他的威脅——會在他的面前把心信賴地打開，他便會跟隨著別人談話的線索，那是親切的——那是習慣於覺得自己高人一等的人的特殊親切感。在辯論中他可是很少容他的對方有說話的機會，他會以一連串熱烈的辯證壓倒對方。

密哈伊洛夫娜說的是俄國話。她頗以自己本國語言的知識自驕，雖則法語也常常脫口而出。她故意採用一般民間的口語，但不是時常用得恰當。羅亭的耳朵倒並不覺得密哈伊洛夫娜唇邊流吐的夾雜語言難受，事實上他簡直沒有聽它。

密哈伊洛夫娜終於說累了，把頭靠在安樂椅頭墊上，眼睛盯著羅亭一聲不響。

「現在我懂得了，」羅亭開始慢慢地說：「我懂得你為什麼每個夏天都到鄉間來。這短期的休息於你是必需的，在你過了都市生活之後，這鄉村的和平寧靜會使你恢復疲勞和增進健康。我相信你是深深地感到大自然之美的。」

密哈伊洛夫娜瞟了羅亭一眼。

「大自然……是的……是的……當然哪……我熱烈地

愛好它，但是你知道麼？德密特里‧尼哥拉伊奇，就是在鄉間也不能沒有朋友。而此間是一個都沒有。這些人中間畢加梭夫算是頂有機智的了。」

「昨晚那位執拗的老先生麼？」羅亭問。

「是的……在鄉間，就是他也有一點用──他有時叫人喜笑。」

「他並不是傻瓜，」羅亭回答說：「但是他走錯了路。我不知道你是否同意我，否定──對於一般的完全否定──是得不到什麼的。非議一切事物，而你便會把他當作一位有才能的人，這是盡人皆知的狡計。心地單純的人們很容易下這樣的結論，說你比被你所非議的高一等。而這時常是錯了。第一，你可以挑剔到任何事件的破綻，第二，就算你所說的很對，這於你更不好，你的才智，只跟隨著非議的引導，會漸漸失去光彩而枯萎，你褫奪去你自己知覺的喜悅。生命──生命的本質──是你從管窺蠡測中看不到的。到頭來你只有護罵和使人發笑來過活。只有真正愛一切的人才有權利責難和非議。」

「這樣，畢加梭夫先生完了，」密哈伊洛夫娜說。「你是有何等的天才品評人物啊！但是畢加梭夫當然不了解你。他除了自己外什麼都不愛。」

「他批評自己，便以為有權利批評別人了。」羅亭添進一句。

密哈伊洛夫娜笑了。

「『他把好人，』正如老話所說的，『把好人當作病人

看。』暫且丟開不談罷，你認為男爵怎樣？」

「男爵？他是個好人，心地很好，學問也很好……但是他沒有個性……終他的一生，將成為幾分是學者，幾分是深通世故的人，這就是說一個外行愛好文藝的人，說得明白一點，──不像這，也不像那……多可惜！」

「我也這樣想，」密哈伊洛夫娜說：「我讀了他的論文……在我們彼此間，可以說，不夠根底。」

「你此地還有什麼熟人？」停了一會，羅亭問。

密哈伊洛夫娜用小指彈去菸灰。

「簡直沒有，巴夫洛夫娜・黎賓夫人，昨天你看到過的，她是溫和嫵媚的──但別無足取。她的兄弟也不錯──一個老好人。還有你知道的加林親王。便是這幾個。除此之外還有兩三位鄰居，但是他們真是毫無用處的。他們有的神氣十足，有的不和人親近，或者是貪得無厭。至於女士們，如你所知，我是不招待的。還有一位鄰居，聽說很有教養，學問也很好的男人，但是一個古怪得可怕的人，生活在他自己的象牙塔裡。亞歷克山得玲納認識他……我想她對他並不冷淡……你應當和她談一談，尼哥拉伊奇，她是溫和的。她只要加以開導。」

「她很討人喜歡，」羅亭說。

「完全是個孩子，尼哥拉伊奇，絕對是小孩，她結過婚，但這完全好像……假如我是男人，我會愛上像她那樣的女人。」

「真的？」

「當然。這類女人至少是年輕活潑，而活潑並不是能假裝得像的。」

「別的可以假裝的麼？」羅亭問，他笑了——在他是難得笑的。當他笑的時候，臉孔有種奇異的幾乎是老人相，鼻子皺起來，他的眼睛不見了。

「那位你叫作古怪的人是誰，黎賓夫人對他表示好意的那一位？」他問。

「一位列茲堯夫先生，本地的地主。」

羅亭好像有點驚異，他抬起頭來。

「列茲堯夫？」他問。「他是你的鄰居麼？」

「是的，你認識他麼？」

羅亭一會兒沒有回答。

「我在很早以前曾認識他。他是不是有錢人？」他接上一句，拉一拉椅披的邊。

「是的，他有錢，雖則他打扮得很怕人，好像田莊管理人一樣駕一輛競賽的輕馬車到處跑。我一直想請他到這裡來，人們說他很聰明，我找他有事要商量……你知道我是自己管理田產的。」

羅亭點點頭。

「是的，我親自管理，」密哈伊洛夫娜繼續說。「我並不採用什麼外國的花樣，只用我們俄國的辦法，你看，也不壞，」她又說，揚一揚手。

「我始終以為，」羅亭禮貌地說：「那些不肯承認女人有實際生活的智能的人是絕對錯誤。」

　　密哈伊洛夫娜高興地笑了。

　　「你對我們女人很好，」她說：「剛才我們說的什麼？哦，是的，列茲堯夫！我和他有一點關於界址的事情要談。我好幾次請他來，甚至今天我也在等他來，但是來不來不知道，天曉得……他是這樣古怪的傢伙。」

　　門前的帳幔輕輕地被拉開，一個僕人進來，高個子，灰白的頭髮，禿頂，穿著黑大衣，白領帶，白背心。

　　「什麼事？」密哈伊洛夫娜問，把頭稍微轉向羅亭，低聲地說，「對麼，他多麼地像梗寧(1786－1880，英國著名外交家，有『東方英吉利喉舌』之稱）？」

　　「列茲堯夫來了，」僕人說。「你要接見他麼？」

　　「天哪！」密哈伊洛夫娜喊起來道，「真是說曹操，曹操就到──請他上來。」

　　僕人出去。

　　「他真是一位古怪的人。他來了，時間不湊巧，他把我們的談話打斷了。」

　　羅亭站起來，但是密哈伊洛夫娜止住他。

　　「你到那裡去？我們可以在你的面前談。我要你也把他分析一下，如同對畢加梭夫一般。你說話的時候，好像用鋼針在刻版畫。坐下來。」羅亭想要分辯，但是想了一想，依舊坐下。

　　密哈伊里奇，讀者已經認識的，走進來。他仍舊穿著那套灰色外套，在太陽曬黑了的手裡拿著便帽，他從容地向密哈伊洛夫娜一鞠躬，走到茶桌前面。

「你終於光臨了，列茲堯夫先生！」密哈伊洛夫娜開口道。「請坐。我聽說你們認識。」她繼續說，手指著羅亭。

列茲堯夫望一望羅亭，帶著奇怪的笑。

「我認識羅亭先生。」他說，微微一鞠躬。

「我們在大學裡同學，」羅亭輕輕地說，垂下眼睛。

「以後我們也見過面。」列茲堯夫冷冷地說。

密哈伊洛夫娜摸不著頭腦地望著兩個人，請列茲堯夫坐下。他坐下來。

「你要見我，」他開口道；「是為了界址的事麼？」

「是的，關於界址的事。但是我也想看看你。到底我們是鄰居，而且是遠親。」

「我很承你的情，」列茲堯夫回答。「至於界址，我已經和你的管理人談妥了，我統統同意他的建議。」

「我知道。」

「但是他告訴我說沒有和你親口談過，合同是不能簽訂的。」

「是的，這是我的規定，附帶說一句，假如我可以問：你所有農奴都是繳租的罷？」

「正是。」

「而你自己勞心去管理界址的事情！這是值得欽佩的。」

列茲堯夫停一下沒有回答。

「好啦，我總算親自來和你談過了，」他最後說出一

句。

密哈伊洛夫娜微笑著。

「我看到你來了。你說話用這樣腔調。……你不大高興來看我罷。」

「我什麼地方都不去，」列茲堯夫慢慢吞吞地回答。

「什麼地方都不去？但是你去看巴夫洛夫娜。」

「我是她弟弟的老朋友。」

「她弟弟的！可是，我從來也不勉強別人……但是，原諒我，密哈伊里奇，我年紀比你大，我要把心裡的話說出來。像你這樣的不和人來往的生活究竟為了什麼？還是我的家你不喜歡？你討厭我麼？」

「我不了解你，密哈伊洛夫娜，所以我也不能喜歡或是討厭你。你有華美的房子，但是我坦白告訴你我不歡喜應酬。我沒有像樣的晚禮服，我沒有手套，我不屬於你們的圈子。」

「出身，教育，你都是屬於這一圈子的，密哈伊里奇！你是我們圈子裡的。」

「我們不要提出身和教育，密哈伊洛夫娜，問題不在這裡。」

「一個人應當有社交生活，密哈伊里奇！像狄奧基尼斯（希臘淡泊派哲學家。故事中說他住在桶子裡。亞歷山大王來看他，他說：『請站開些，別遮住我的太陽。』）坐在桶子裡，有什麼好處？」

「第一，他坐在那裡很舒服，第二，你怎樣知道我沒

有經常來往的朋友？」密哈伊洛夫娜咬一咬嘴唇。

「這是另一回事！我只感到遺憾不是其中之一。」

「列茲堯夫先生，」羅亭插嘴道：「似乎把愛自由的感情——這感情的本身當然值得讚揚的——看得太重一點。」

列茲堯夫沒有回答，只望了羅亭一眼，接著是片刻的靜寂。

「就是這樣，」列茲堯夫站起身來說：「我們的事情就算是這樣決定，告訴你的管理人把契約送到我這裡來。」

「好的……縱然我得承認你這樣地不給面子，我真該拒絕你才對。」

「但是你知道這回重勘界址，你的好處比我多。」

密哈伊洛夫娜聳一聳肩。

「難道你在這裡吃中飯都不行麼？」她問。

「謝謝你，我一向不吃中飯的，我忙著要回家去。」

密哈伊洛夫娜站起來。

「我不留你，」她說，跑到窗口旁邊，「我不敢留你。」

「再會。」列茲堯夫開始告辭。

「再會，列茲堯夫先生，對不起，麻煩了你。」

「哦，不要客氣！」列茲堯夫說，他走了。

「嗳，對他，你怎麼說？」密哈伊洛夫娜問羅亭。「我曾經聽說他有點怪癖的，但像這樣實在太過分了！」

　　「他犯和畢加梭夫同樣的毛病，」羅亭說：「想標新立異。其一想做曼費斯多斐里斯（歌德名劇《浮士德》中的魔鬼。喻對凡事加以冷譏，樂災喜禍的人），另一個成了憤世嫉俗者。這內中原因，都由於太多自我主義，太多浮誇，而太缺少真實，缺少愛。甚至其中還有利害打算。一個人戴上了事事冷冷淡淡漠不關心的面具，人們便一定會這樣想：『看這人，大好的才幹埋沒了！』要是你仔細觀察，什麼才幹也沒有。」

　　「他們兩人！」密哈伊洛夫娜說：「你真厲害。在你的前面什麼也掩飾不住了。」

　　「你這樣想麼？」羅亭說：「可是，」他繼續說：「我真不該說列茲堯夫，我曾經愛他，朋友般地愛他……但是後來，一番兩番的誤會……」

　　「你們吵架麼？」

　　「不。但是我們分開了，似乎是永遠的，分開了。」

　　「我注意到他來訪的整個時間中你是在不安……我很感激你今天早晨陪伴我愉快地度過。但是我不留你了。你請便罷，吃中飯的時候再見，我也要去料理一下我自己的事情。我的祕書，你見過他的──康斯坦丁，他就是我的祕書──已經在等我了。我把他推薦給你，他是一位卓越的摰懇的青年，對你很著迷。再見，親愛的尼哥拉伊奇！我多麼地感激那位男爵把你介紹給我！」

　　密哈伊洛夫娜把手伸給羅亭。他先緊握一下，然後拿到唇邊，便出去走到客廳，從客廳走到陽臺，在陽臺上他遇見娜泰雅。

5

　　密哈伊洛夫娜的女兒娜泰雅・亞歷舍耶夫娜乍看起來也許不覺得迷人。她還沒有完全發育，她是瘦的，膚色淺黑，身子微微有點駝。但是她的面貌秀麗勻稱，雖則在一個十七歲的女孩子是略大了一點。特別觸目的是在她修細的眉黛上配上一張明亮光滑的額頭。她少說話，很用心聽，不轉眼地看，好像她要吸收所看到的聽到的一切。她時常動也不動坐著，兩手攔在膝上，深深地在思索，她的臉在這時候表現出她的腦筋是在內部活動著……一絲幾難察覺的微笑會突然浮上她的唇邊而旋復消失，於是她徐徐地抬起她的大的深黑眼睛。「你怎麼啦，」彭果小姐便會問，接著責備她，說是女孩子想得出神，好像失魂落魄似的是不對的。但是娜泰雅並不失魂落魄，反之，她求學很勤勉，讀書工作都很努力。她的感情是強烈而深刻的，但是不露出來，就是在小孩子的時候，她也很少哭，現在連嘆息都很少聽到了，每逢有什麼事使她苦惱的時候，只是臉色變得蒼白一點。她母親認為她是有禮貌懂事的女孩，開玩笑地叫她「我的女兒是老實人」，但是並不十分著重她的智力。「我的娜泰雅幸而在感情上是冷淡的，」她時常說，「不像我──這樣倒好些。她將是幸福的。」密哈伊洛夫娜是錯了。很少母親了解她們的女兒的。

　　娜泰雅愛她母親，但是並不完全信任她。

　　「你不用瞞我什麼，」密哈伊洛夫娜有一次對她說：

「如果你瞞我什麼你會十分保密，不會給任何人知道。」

娜泰雅望著母親的臉在想，「為什麼我不可以把祕密藏起來？」

當羅亭在陽臺上遇見她的時候，她正和彭果小姐跑進屋子裡去戴上帽子，要到花園裡去。她的早課完畢了。

娜泰雅已經不再被當作小女孩看待。彭果小姐很久以前便不再教她神話和地理了，但是娜泰雅每天早晨都讀歷史書籍，遊記，或別種有益的作品。書是密哈伊洛夫娜選給她的，她自以為有她特殊的系統。其實她只不過把法文書商從彼得堡寄來的一切拿給娜泰雅罷了，當然像小仲馬的《茶花女》一類小說是不給她看的。這些小說她留給自己看。當娜泰雅讀歷史書籍的時候，彭果小姐特別嚴峻地帶著不愉快之色從眼鏡裡望著，依這位老法蘭西小姐的意見，一切歷史裡都有「看不得」的東西，雖則因某些理由，她所知道的古代偉人只一個——康比西斯（波斯國王）——近代的——路易十四和她所厭惡的拿破崙。但是娜泰雅也讀別的書，這些書的存在彭果小姐並沒有疑心到，她把全部普希金的詩都背熟了。

碰見羅亭，娜泰雅臉微微一紅。

「你們去散步嗎？」他問。

「是的，我們正要到花園裡去。」

「我可以奉陪麼？」

娜泰雅望著彭果小姐。

「當然，先生，很高興，」老小姐口快地說。

羅亭拿了帽子和她們一起走去。

在這狹徑上和羅亭並靠著走，娜泰雅起始覺得有點局促，過後她覺得輕鬆了些。他開始問她功課，歡喜不歡喜鄉間。她回答他的問句，多少帶點生怯，但是並沒有人們慣常誤作溫嫻文靜的那種怕羞。她的心跳很快。

「你在鄉間不覺得無聊麼？」羅亭問，斜瞟了她一眼。

「怎會無聊呢，我很高興我們能夠在此地。在此地我很快樂。」

「你很快樂——能說出來便很了不起。可是，這是容易明白的，你年輕。」

羅亭說最後一句話的聲音頗有點異樣，好像他可憐娜泰雅多於羨慕她的年輕。

「是的！年輕！」他繼續說，「求學的全部目的就是要意識地求得年輕時候白白得來的一切。」

娜泰雅注視著羅亭，她不懂。

「今天我和你的母親談了整個早晨，」他繼續往下說：「她是一個了不起的女人。我懂得為何所有的詩人們都珍惜她的友誼了。你歡喜詩麼？」他停了一會又加上一句。

「他在考我哩，」娜泰雅想，於是說：「是的，我很歡喜詩。」

「詩是上帝的語言。我自己也很歡喜詩。但是詩不僅是在詩句裡面，到處都浮散著，在我們的四周。看這樹，

這天——無論那裡有美和生命的活力，有生命和美的所在，便有詩。」

「讓我們坐在這凳子上罷，」他說。「這裡——這樣就好。我想，假如你和我更相熟一點（他微笑地望著她的臉），我們做個朋友，你以為怎樣？」

「他把我當作小孩看待！」娜泰雅想，不知道說些什麼好，她便問他是否想在鄉間久住。

「整個夏天和秋天，也許再加上冬天。你知道，我是沒有什麼財產的人，我的事情糟得一塌糊塗，其次，我也厭煩老是到處漂泊，是休息的時候了。」

娜泰雅驚訝了。

「難道你覺得這是你休息的時候麼？」她怯生生地問。

羅亭轉過頭來，面對著娜泰雅。

「你是什麼意思？」

「我認為，」她帶著幾分為難的口吻回答，「別人是可以休息，但是你……你應該工作，要做個有用的人，假如你不……還有誰？」

「我謝謝你的過獎和意見，」羅亭打斷她。「要做個有用……說說容易！（他用手抹他的臉）要做個有用……」他又重複道。「就算我有堅固的信仰，我怎樣能成為有用——就管我信任我自己的能力，到哪裡去找真實的同情的靈魂？」

羅亭失望地揮一揮手，憂鬱地讓頭歪倒下去，使娜泰

雅不禁自問，這會是同一個人麼？昨晚她曾經聽到他那充滿著希望令人著迷的話？

「但是不，」他說，突然把他的獅鬣般的頭髮向後一掠，「這些都是胡扯，你是對的。我謝謝你，娜泰雅，我真心謝謝你。」（娜泰雅完全不懂得他向她謝些什麼。）「你的一句話令我重新反省我的責任，指出我的途徑……是的，我要幹。我不應該埋藏起我的才能，假如我多少有一點的話，我不應該把精力浪費在說話──空洞的，無補實際的話上面。」於是他的話川流般瀉出來。他優美地，熱情地，堅信地說，說到懦怯和漠不關心的可恥，行動的需要。他把自己責備了一頓，說是事先把你想要做的事加以討論是不智的，正像拿一枚針去刺一只脹得爛熟的水果，只是耗費精力與漿汁而已。他說沒有一樁高尚的理想是贏不到同情的，說那些始終不被人了解的人們，是因為他們自己不明白他們要做什麼，或者是值不值得去了解。他說了一大套，最後向娜泰雅再謝了一番，突然出其不意地握住她的手，大聲說：「你是高貴的，美麗的！」

這熱情的奔放使彭果小姐吃驚，她縱然在俄國住了四十多年，聽俄國話仍然費力，她只驚嘆羅亭優雅流暢的口才。在她的眼中，羅亭大概是藝術家或音樂家之流；照她的觀念，這一類人是不能苛求他們守規矩的。

她站起身來，在裙子的四邊拉一拉，整一整，對娜泰雅說這是進去的時候了，特別為了服玲莎夫（她這樣叫服玲薩夫的）要來吃中飯。

「說到他，他就來了，」她加上一句，望著通到屋子裡去的一條路上，真的服玲薩夫在不遠的地方出現。

他踏著躊躇的腳步走上前來，遠遠地向他們招呼，臉上帶著病痛的表情，向娜泰雅說：

「哦，你們在散步嗎？」

「是的，」娜泰雅回答，「我們正在回家去。」

「啊！」服玲薩夫回答。「好，我們一道走罷，」他們一起走向屋子去。

「你的姊姊好麼？」羅亭問，帶著特別親切的聲調。昨天晚上，他對服玲薩夫也是很親切的。

「謝謝你，她很好。今天她也許要來……我來的時候你們正在討論些什麼罷？」

「是的，我和娜泰雅談話。她說了一些事情令我非常感動。」

服玲薩夫並不追問是什麼事，在深深的沉默中他們回到密哈伊洛夫娜的屋子裡。

在晚飯前這群人再聚在客廳裡。畢加梭夫沒有來。羅亭精神不好，他硬要柏達列夫彈奏貝多芬，服玲薩夫默默地望著地板。娜泰雅不曾離開她母親的身旁，有時沉思，做她的刺繡。巴西斯它夫眼睛不離羅亭，在等待他會說些機智的話。三個鐘頭便這樣單調地過去了。巴夫洛夫娜沒有來吃飯。當他們從餐桌上站起身來的時候，服玲薩夫即刻吩咐套起他的馬車，沒有對任何人說一聲「再會」便溜走了。

他的心是沉重的。他很久便愛著娜泰雅，三番兩次想鼓起勇氣想向她求婚……她待他很好，——但是心仍然沒有動；他清楚地看到。他並不希望能挑起她心中更溫柔的感情，只在等著時機到時會和他相熟，和他親近。是什麼使他憂慮不安？這兩天來他可留意到有什麼改變？娜泰雅還是和從前完全一樣地待他。……

或者是，他心想，他也許一點都不了解娜泰雅的性格——她之於他是想不到的生疏——也許是嫉妒已經在他的心頭作祟，他有了不幸的模糊預感……總之，他痛苦，雖則他試想用理智來克服自己。

當他跑進他姊姊的房中的時候，列茲堯夫和她坐在一起。

「為什麼你這樣早便回來？」巴夫洛夫娜問。

「哦，我受不了。」

「羅亭在麼？」

「是。」

服玲薩夫把帽子一拋坐下來，巴夫洛夫娜興奮地對著他。

「請你，塞萊夏（服玲薩夫的愛稱），幫我說服這固執的人，（她指向列茲堯夫）說羅亭是非常聰明而有口才的。」

服玲薩夫喃喃地說了幾句。

「我不和你爭辯，」列茲堯夫說。「我並不懷疑羅亭先生的聰明和口才，我只是說我不喜歡他。」

「你見過他麼？」服玲薩夫問。

「今天早晨我在密哈伊洛夫娜的家裡遇見他。你知道他現在是她的寵客了。有一天她會叫他滾蛋的——柏達列夫斯基才是她唯一永遠離不開的人——但是現在羅亭是至尊無上的，我看到他，真的！他坐在那裡，——她把我展示給他，『看哪，我的好先生，我們這裡有一位多麼古怪的傢伙！』但是我不是奪錦標的馬，也不習慣被展示給人看的，所以我抽身走了。」

「你怎會到她那裡去的？」

「關於界址的事，但是這些都是藉故的廢話；她只是要瞧瞧我的相貌罷了。你知道女人便是這樣！」

「這就是羅亭的優越冒犯了你——！……」巴夫洛夫娜激昂地說，「這就是你所不肯原諒的。但是我相信除了他的智慧以外他還有一顆很高尚的心。你應該望一望他的眼睛，當他——」

「『侈談崇高的純潔哪——』」列茲堯夫引一句詩。

「你使我生氣，我要叫起來了。我真後悔我沒到密哈伊洛夫娜那兒去，留下陪你。真不值得。不要再惹惱我了，」她帶著懇求的聲調說，「你還是把羅亭的年輕時代告訴我倒好些。」

「羅亭的年輕時代？」

「是的，你不是告訴過我你和他很熟麼，很早便認識他麼？」

列茲堯夫站起身來在室內走來走去。

「是的，」他開始說，「我和他很熟。你要我告訴你他的年輕時代麼？很好。他生在 T 省，一個窮地主的兒子，他生下不久父親便死了，留下他和他的母親。她是最仁慈的人，把他當作寶貝似的；她只是吃燕麥粉捱餓過日子，每一個銅板都花在他的身上。他在莫斯科受教育，起先用他一個叔叔的錢，後來，當他長大了羽毛豐滿了的時候，搭上了一位有錢的親王，供給他各項費用，他拍這位親王馬屁到——對不起，我不再這樣說了——他和親王做了朋友。於是他進了大學。我是在大學裡認識他的，並且成了好朋友。過幾天我可以把我們那段生活告訴你，現在我可不能夠。於是他到外國去。⋯⋯」

列茲堯夫繼續在室內來去走去；巴夫洛夫娜用眼睛跟著他。

「當他在國外的時候，」他接著說，「羅亭很少寫信給他的母親，只回國探望過她一次，而且僅住了十天⋯⋯老婦人在陌生人的照料中死了，他不在身旁。但是直到死的時候她眼睛不停在望著他的畫像。當我住在 T 省的時候，我去看過她。她是和藹的女人，非常好客，她時常請我吃櫻桃醬。她愛她的密且耶（羅亭的愛稱）到極點。彼周林（萊爾蒙它夫小說中的主人公）典型的人物告訴我們時常會去偏愛那種他自身絲毫不會感到愛的人們；但是我想所有的母親都愛她們的孩子，特別是當他們不在的時候。此後我在外國碰到羅亭。那時一位女人看上了他，一位我們的本國人，所謂女文學家之流，年紀已不輕，不好

看，一身文學家氣派。他和她好在一起好久，終於丟棄了她——不，我說錯了，是她丟棄了他。就在這時候我也丟棄了他，就是這樣。」

列茲堯夫停止說話，把手掠一掠額角，好像疲乏了似的，身子一仰倒在椅子上。

「你知道？密哈伊里奇，」巴夫洛夫娜說，「你嘴巴裡沒有好話，真的，你不比畢加梭夫好多少。我相信你說的是事實，你並沒有加油添醋，但是你把一切都說得那麼難聽！可憐的老母親，她的愚愛，她孤獨的死，那一個女人——這些是什麼意思？你知道你把最好的人用這種色彩來描畫——不用加油添醋，記住——這也是一種誹謗！」

列茲堯夫又站起來在室內走著。

「我並不要你怕，巴夫洛夫娜，」他終於說，「我並不誹謗。可是，」他想了一會繼續說，「真的，你所說的也對。我不想誹謗羅亭，但是——誰知道！很可能他從那時候起已改變過來——也許我錯怪了他。」

「你看！所以你要答應我和他重復舊好，想法完全了解他，然後把你的結論告訴我。」

「遵命。但是你為何這樣一聲不響，塞爾該‧巴夫里奇？」

服玲薩夫一怔，抬起頭來，好像他剛醒過來一樣。

「我有什麼可說？我不認識他。其次，我今天頭痛。」

「是的，今晚你臉色好像有點發青，」巴夫洛夫娜說，「你不舒服麼？」

「我頭痛。」服玲薩夫回答，他走了。

巴夫洛夫娜和列茲堯夫望著他的背影，互相看一眼，沒有說什麼。服玲薩夫的心事，他們兩人清清楚楚。

6

兩個多月過去了，在這整個時期中羅亭幾乎不曾離開過密哈伊洛夫娜的家。她沒有他便過不了。和他談談自己，聽聽他的雄辯，於她已成了必需。有一次羅亭說要離開，說是他錢用完了；她給了他五百盧布。他又向服玲薩夫借了二百盧布。畢加梭夫探望密哈伊洛夫娜的次數也比以前少了；羅亭的在場使他受不了。不僅畢加梭夫一人感到受威脅。

「我不喜歡這自命不凡的人，」畢加梭夫時常這樣說，「他把自己說得像煞傳奇裡的英雄。假如他說：『我？』他便停住一面在思索令人驚嘆的語句，『我做這，我做那。』一套老話便和盤搬出來了；假如你打噴嚏，他立刻便會很正確地解釋給你聽為何你要打噴嚏而不咳嗽，假如他稱讚你，便把你捧到九天高，假如他罵自己，便謙卑到塵土不如——叫別人想來他將沒臉再見天日了。可是一點兒都不！反而更快活些，好像灌了一杯酒。」

柏達列夫斯基有點怕羅亭，小心翼翼地試想贏得他的歡心。服玲薩夫和他的關係最奇怪。羅亭把他叫作「游俠武士」，把他捧到九天高；但是服玲薩夫不喜歡他，並且當羅亭在他的面前把他的長處張揚開來的時候，他總覺得一種不由自主的不耐煩和討厭。他想，「他是不是在開我的玩笑？」於是心中便感到一腔敵意。他想把感情抑制

住，但是他無法不妒恨他和娜泰雅的關係。羅亭自己呢，雖則熱情洋溢地歡迎服玲薩夫，雖則叫他「游俠武士」，向他借錢，對他也並不覺得真真親熱。像真的朋友般互相握手道好，眼睛彼此對望的時候，他們兩人中間的感情是很難解釋的。

巴西斯它夫繼續崇拜羅亭，羅亭所說的每一句意味深長的話，都專注地聽取。羅亭卻很少注意到他。有一次和他談了一個早上，討論世界大事和人生目的，喚起他對羅亭最懇切的渴慕之情，但是後者再也沒有注意到他。很明顯地他說要尋找純潔的，獻身的靈魂只不過是一句話罷了。列茲堯夫，近來也常常來，羅亭和他很少談論，好像在規避他。列茲堯夫，對他也冷淡。可是他並沒有把他關於羅亭最後的結論告訴巴夫洛夫娜，這使他迷惑不解。她著迷於羅亭，但是她信任列茲堯夫。密哈伊洛夫娜家中的每一個人都順著羅亭的意，他要什麼有什麼。他決定每天的活動。所有同樂會都由他安排。可是他並不很喜歡偶然隨興的郊遊或野宴，他好像大人參加孩子們的遊戲一樣，帶著仁慈卻有點厭倦的心情去。此外他還忙著各色各樣的事情，密哈伊洛夫娜和他討論田莊的管理，孩子們的教育，家務的處埋，和一般的事情；他聽她提出的建議，並不以這瑣屑的事情為苦，他建議了許多改革，提出許多意見。密哈伊洛夫娜稱讚他，口頭贊成他的意見，事實上她是以她的管理人——一位年老的，獨眼的烏克蘭人，一位好脾氣，富於機智的老傢伙——的意見為依歸。「舊的

肥,新的瘦,」他時常說,安詳地一笑,眨著他單一的眼睛。

次於密哈伊洛夫娜,羅亭和娜泰雅談得最多,最長。他時常私自借書給她,把他的計畫密告給她,把他計畫的論文或其他作品的頭幾頁唸給她聽。娜泰雅時常不能完全捉摸其中的意義。但是羅亭好像並不在乎她懂不懂,只要她聽著便好。他和娜泰雅的親近,密哈伊洛夫娜並不歡喜。「暫且,」她想,「在鄉間讓她和他去談罷。現在她還是像一個小女孩和他談話。這沒有大害處,並且她還可以學到一些東西,到了彼得堡我便立刻可以阻止她。」

密哈伊洛夫娜錯了。娜泰雅並不像小女孩般和羅亭胡扯著;她渴飲著他的字句,想探索它的全部意義;她把她的思想和意見都請羅亭批評;他成了她的顧問,她的導師。初時,她只是頭腦受了擾亂,但是年經人不會單單腦筋被擾亂的。(心不久也會被擾亂的啊!)有時候,在花園的凳子上,在菩提樹葉透明的陰影底下,羅亭開始把哥德(1776－1822 德國小說家)的《浮士德》,霍甫曼或貝蒂娜(1785－1859 德國女散文作家)的書簡或諾伐里斯(1772－1801 德國詩人的筆名)讀給她聽,屢屢停止解釋她費解的地方,娜泰雅過的是多麼甜美的時刻。像大部分的俄國女孩子一樣,她德語說得不行,但是聽得懂,而羅亭是熟諳德國的詩歌,德國的浪漫主義作品和哲學的,他把娜泰雅帶引到這仙境中來了,從羅亭攤開在膝上的書頁中,想像不到的壯麗顯示在她有所期待的眼睛之

前；神聖的憧憬，新的光輝燦爛的思想，**轟轟**急流湧入她的靈魂，在她的心中，受崇高的感情無上的喜悅所感動，緩緩地燃起聖潔的熱情的星火而成了巨焰。

「告訴我，尼哥拉伊奇，」有一天她坐在靠窗口繡花架的旁邊問：「冬天，你要到彼得堡去麼？」

「我不知道，」羅亭回答，讓正在瀏覽的書本擱在膝上。「假如找到錢，我要去。」

他有氣無力地說，他覺得疲倦，一整天並沒有做什麼事。

「我想你一定找得到的。」

羅亭搖搖頭。

「你這樣想麼？」

他望著別處，似含無限深意。

娜泰雅正想說些什麼，但又躊躇下來。

「看！」羅亭說，指著窗外：「你看見那顆蘋果樹麼？被它自己纍纍的果實重量壓斷了。天才的真實象徵。」

「因為沒有支持的東西，所以斷了，」娜泰雅回答。

「我懂你說什麼，娜泰雅，但是一個男人要找這種支持是不容易的。」

「我想別人的同情……無論如何，孤獨總是……」

娜泰雅有點迷惘了，臉孔微微紅起來。

「冬天你在鄉間做什麼事？」她慌忙地問。

「做什麼，我將完成我的長篇論文——你知道的——論

『人生與藝術的悲劇』，前天我把大綱告訴過你，我會把這篇論文寄給你。」

「要付印出版麼？」

「不。」

「為什麼不要？那麼你為誰而寫呢？」

「算是為了你好了。」

娜泰雅垂下眼睛。

「對我太高深了。」

「我可以問麼？論文的題目叫什麼？」巴西斯它夫謙和地問。他坐在稍遠處。

「『人生與藝術的悲劇』，」羅亭說，「你看怎麼樣？巴西斯它夫先生會閱讀它。但是我還有沒有完全決定論文的基本要旨。現在我自己還沒把『愛的悲劇的意義』充分弄清楚。」

羅亭時常不猶豫地談到愛，起先講到「愛」的字眼，彭果小姐便會跳起來，好像老戰馬聽到號角的聲音便尖起耳朵；但是到後來她漸漸聽慣了，而現在，只是撇一撇嘴唇，不時吸著鼻煙罷了。

「在我看來，」娜泰雅膽怯地說，「愛的悲劇便是無酬報的愛。」

「並不盡然！」羅亭回答：「這倒是愛的喜劇的一面………這問題應當用完全另外一種看法──應當更深奧地去探求……愛！」他繼續說，「愛的一切都是神祕的，怎麼產生；怎麼發展；怎樣消滅。有時它突然來了，毫不猶

豫的像白晝那樣光明的愉快；有時它好像爐灰底下的餘燼在那兒冒煙，在事過境遷之後突然爆發出烈焰來；有時如一條蛇一聲不響地爬進你的心，又突然溜了出去……是的，是的；這是大問題。但是在我們這時代，有誰在愛？誰能勇敢地去愛？」

羅亭沉思了。

「為什麼我們這許久沒有看見塞爾該‧巴夫里奇呢？」他突然問。

娜泰雅臉紅了，把頭低到繡花架上面。

「我不知道，」她小聲說。

「他是真正偉大高尚的傢伙！」羅亭說，一面站起來。「是俄羅斯紳士的最佳典型之一。」

彭果小姐用她的細小的法蘭西眼睛斜看了他一眼。

羅亭在室內走來走去。

「你注意到麼，」他說，用腳跟急速地轉過身來，「在橡樹上——橡樹是堅強的樹——舊葉子只是在新葉子開始萌發的時候才脫落的麼。」

「是的，」娜泰雅慢慢地回答，「我注意到。」

「在堅強的心中舊的愛就是這樣；已經枯死了，但仍牢繫著；只等到新的愛來方能把它趕走。」

娜泰雅沒有回答。

「這是什麼意思？」她想。

羅亭站住不動，把頭髮往腦後一掠，走出去了。

娜泰雅回到自己的房間。她心煩意亂坐在床上好久。

思索著羅亭最後一句話。突然捏緊了雙手，很辛酸地哭起來。天曉得她哭的什麼，她自己也不知道眼淚為何如此迅速地淌下來。她拭乾了，但又重新流出來，好像久壅頓開的泉水。

同一天巴夫洛夫娜和列茲堯夫談起羅亭。起始他默默不出一聲，但是她下決心要引他說話。

「我看到，」她對他說，「你不歡喜羅亭，和從前一樣。我是故意熬到現在才來問你的，但是現在你已有足夠時間來確定他究竟有否改變，我想知道你為何仍是不歡喜他。」

「很好，」列茲堯夫回答，帶著他慣常的冷淡，「既然你已經忍不住，聽著，不要生氣。」

「請說下去。」

「要讓我說完。」

「當然，當然，說啊！」

「很好，」列茲堯夫說，懶洋洋地倒在沙發上：「我承認我確是不歡喜羅亭。他是聰明人。」

「我也這樣想。」

「他是異常聰明的人，雖則實際上非常淺薄。」

「說這話很容易。」

「雖則非常淺薄，」列茲堯夫重複一句，「但是這還沒有多大害處；我們都是淺薄的。甚至我也不想求全責備，在他內心他是暴君，他懶惰，學識淺陋。」

巴夫洛夫娜互握著兩手。

「羅亭，學識淺陋！」她喊道。

「學識淺陋！」列茲堯夫用完全同樣的聲調複述一句，「他歡喜吃別人用別人的，裝面子，如此等等，這──這也夠平常。但壞處是，他冷得和冰一樣。」

「喂，這狂熱的靈魂冷！」巴夫洛夫娜截斷他的話。

「是的，和冰一樣冷，他自己知道，裝作狂熱的樣子。壞的是，」列茲堯夫接著說，漸漸興奮起來，「他在玩危險的把戲──對他自己沒有危險，當然的；他不會賭一文錢，一根頭髮。──但是別人把靈魂孤注一擲地押在裡面了。」

「你說的是什麼？指誰，我不懂，」巴夫洛夫娜問。

「壞的是，他不誠實。到底他是聰明人，他應該知道他自己的話無價值，但是他說出來的時候好像都含有重大意義似的。我並不爭辯他是一個說話能手，但這不是俄羅斯式的。年輕人長篇大論滔滔不絕談話的確很好。但是像他這般年紀，說話只是為了自己聽了好聽，喜歡賣弄，這是可恥的！」

「我想，密哈伊里奇，不管賣弄不賣弄，別人聽了還不是一樣。」

「請原諒，巴夫洛夫娜，並不完全一樣。有人說了一句話，使我整個身心感動，另一個人說了同樣的話，或許更漂亮些──而我耳朵都尖不起，這是什麼緣故？」

「你說你不會，」巴夫洛夫娜插口道。

「我不會，」列茲堯夫反駁道，「雖則我的耳朵也許

是大號。主要點是在這裡，羅亭的話始終是嘴巴說說而已，永遠不會實行──同時他的話會擾亂一個年輕的心，會把它毀了。」

「你在說誰，密哈伊里奇？」

列茲堯夫停了一下。

「你要知道我說誰，我在說娜泰雅？」

巴夫洛夫娜一怔。但是一會兒後又笑起來。

「啊呀！」她說，「你的想頭真古怪！娜泰雅還只是一個孩子；其次，如果真如你所說，你想密哈伊洛夫娜──」

「第一，密哈伊洛夫娜是一個自我主義者，她只顧自己的生活；第二，她相信自己教育孩子的本領，為他們感到不安連想也沒有想到。胡說！這怎麼可能，只要她一揮手，威嚴地一瞪眼，一切便會恢復原狀。這就是這位太太所想的；這位貴婦她自以為是女梅西納斯（羅馬政治家，文藝保護者），一個有學問的婦女，天曉得，事實上她不過是一個庸俗的上流社會老太婆。但是娜泰雅不是一個孩子；相信我，她比你我想得更多，更深刻。現在真摯的，多情的，熱烈的女孩碰上這樣一位會演戲的角色，一位輕薄男人。但是世界上這類事情並不希奇。」

「一位輕薄男人！你認為他是輕薄男人？」

「當然的。請你告訴我，巴夫洛夫娜，他在密哈伊洛夫娜的家裡處的是什麼地位？成了偶像，家庭的巫師，一切家務事，一切的閒談瑣屑都插一手──這是男人身分該做的？」

巴夫洛夫娜愕然望著列茲堯夫。

「我不認得你了，密哈伊里奇，」她說。「你好興奮面都漲紅了，我相信其中還有別的隱情。」

「好呀，真是活該！告訴女人一件單純的事實，她不會滿意，會想出一些膚淺的不相干的原因，來解釋你為何要這樣說而不是另一說法。」

巴夫洛夫娜生氣了。

「可是我永遠不會那樣，列茲堯夫先生，你開始和畢加梭夫先生一樣苛刻攻擊女人了，但是你要說，儘管說，不管你觀察得多麼透切，我總難相信你能在短時間了解每一個人，每一件事。我想你錯了。照你的意見，羅亭是泰爾杜夫（莫里哀喜劇 *Tartuffe* 中主角。似是而非的信仰家，偽善者），一流人物。」

「不，要點是在，他連泰爾杜夫都夠不上。泰爾杜夫至少知道他要的是什麼；但是這個傢伙，他滿腦子的聰明──」

「他是什麼？把你的話說完，你這不公平的，可怕的人！」

列茲堯夫站起來。

「聽著，巴夫洛夫娜。」他說，「是你不公平，不是我。你為了我對羅亭猛烈的譴責而生氣，但我有權利這樣說他！我付過相當高的代價，我知道他太清楚了，我和他同住過一段很長時間。你記得我曾經答應你有一天要把我們在莫斯科的生活告訴你。顯然我現在必得這樣做了，但

是你有沒有耐性聽我說完？」

「告訴我，告訴我。」

「很好。」

列茲堯夫開始用方步在室內走來走去，有時站住一會兒低著頭。

「也許你知道，」他說，「也許你不知道，我早歲便是一個孤兒，在十七歲的時候便沒人管束我了。我住在莫斯科姑母家裡，歡喜怎樣做便怎樣做。在年輕時代我是相當愚笨而自負的，歡喜說大話，誇本事。進了大學之後我的行為像一個小學生，很快便弄得一團糟。我不想告訴你這一切，這不值得說起。但是其中我只要提起一件，我說謊，我說了相當惡意的謊話。事情拆穿了，我受到公開的羞辱。我承受不了，像孩子般痛哭起來，這是在一位朋友的房間裡，當著一大群同學的面。他們都笑我，只有一位同學，他，你知道，在我堅不吐實的當兒他是有理由比任何人都還要氣憤的。我不知道他是否覺得我可憐。總之，他牽了我的手，帶我到他的房間去。」

「這是羅亭麼？」巴夫洛夫娜問。

「不，這不是羅亭……這是另一個人……他現在死了……他是一個非常的人。他的名字叫作波珂爾斯基。我不能只用幾句話來描寫他，但是一開始說到他，便不要再談別人了。他具有高貴的純潔的心，和我從來不曾遇到過的聰穎。波珂爾斯基住在一間小小的，屋頂很低的房間裡，在一間木屋的頂樓。他很窮，他靠教課維持生活。有時茶

都沒有一杯來請朋友們喝，他唯一的沙發搖搖落落的，坐在裡面好像在船裡一樣。但是不管這些不安適，很多的人時常去看他。大家都愛他，他使人感到溫暖！你會不相信坐在他貧陋的小屋中是多麼地甜蜜和快樂！就是在他的房裡我遇見羅亭。那時候他已經離開他的親王了。」

「在這位波珂爾斯基的身上有什麼異乎常人的地方？」巴夫洛夫娜問。

「我怎樣告訴你呢？詩和真實，這便是把我們吸引到他那兒去的力量。不僅他的頭腦清楚，知識廣博，他還和孩子一樣地有趣和逗人喜歡，就是現在我耳朵裡尚鳴響著他的歡欣的朗笑，同時他在聖潔和真實的座前燃了他夜半明燈，這是一位半癡半癲的傢伙，我們那班人裡的詩人，所說的。」

「他談吐怎樣？」巴夫洛夫娜又問。

「他在高興的時候談得很好，但並不怎樣出色。就在那個時候的羅亭，口才比他好上三十倍。」

列茲堯夫站著不動，交疊著雙臂。

「波珂爾斯基和羅亭完全不同。羅亭是投合時好光芒畢露，言語流暢，也許更狂熱。表面看來他天資好像比波珂爾斯基高，但是兩相比較起來他便是可憐的小動物了。解述發揮，羅亭是最擅長，他是辯論能手，但不是從他自己的腦子裡發出來的；他取自別人，尤其是取自波珂爾斯基。波珂爾斯基是恬靜而溫和的──甚至有幾分文弱──他歡喜女人歡喜得入迷，不能忍受別人的譏諷。羅亭好像

充滿了火，果敢和有活力，但內心是冷的，幾乎是懦弱的，除非冒犯他的自尊心，他什麼都忍受。他老想高人一等，但是他只憑著一般的原理和理想的名詞達到這目的，當然對很多人也有巨大的影響；說老實話，沒有人喜歡他；也許我是唯一的一個依戀著他的。他們忍受著他的支配，但是大家都甘心情願順從波珂爾斯基。羅亭從來不拒絕和他所遇見的任何人爭辯討論。他書讀得不多，雖則遠超於波珂爾斯基和我們其餘的人；其次，他有一個有條不紊的頭腦，還有異常的記憶力，這些對於青年人是有何等的影響啊！他們需要綱領，結論，甚至是錯的，但總得是結論！一個完全誠實無欺的人永遠不對他們的胃口。要是對青年們說你不能給他們完整無缺的真理，因為你沒有。他們是不來聽你的。但是你也不能騙他們。你要一半相信你自己是得到了真理。這就是為什麼羅亭對我們這些學生有強力的影響的緣故了。剛才我告訴過你，你知道，他書讀得不多。但是讀些哲學書籍，他的腦筋又是天生就能夠把讀過的一般原則抽取出來，看透凡事的根柢，於是向各方演繹開去——連貫的，透徹的思想，給靈魂展開廣闊的天地。我們的集團——實在說——是一群孩子們組織成的，學識淺陋的孩子們。哲學，藝術，科學，以至生命的本身於我們只是一大堆字彙——要說是概念也可以，有魅力富麗堂皇的概念，但是不連貫的，分散的，這些理想的總綱絡宇宙的總原則，我們一點也不知道，也沒有人接觸過，雖則我們泛泛地討論著，想替我們自己形成一種概

舒讀網「碼」上看

廣　告　回　信
板橋郵局登記證
板橋廣字第83號
免　貼　郵　票

235-62
新北市中和區中正路800號13樓之3
印刻文學生活雜誌出版有限公司　收
　　　　　　　　讀者服務部

姓名：＿＿＿＿＿＿＿＿＿＿＿　　性別：□男　□女

郵遞區號：＿＿＿＿＿＿＿＿＿

地址：＿＿＿＿＿＿＿＿＿＿＿＿＿＿＿＿＿＿＿＿＿

電話：（日）＿＿＿＿＿＿＿　　（夜）＿＿＿＿＿＿

傳真：＿＿＿＿＿＿＿＿＿＿＿＿

e-mail：＿＿＿＿＿＿＿＿＿＿＿＿＿＿＿＿＿＿＿

INK

讀者服務卡

您買的書是：_____

生日：　　年　　月　　日

學歷： □國中　　□高中　　□大專　　□研究所（含以上）

職業： □學生　　□軍警公教　□服務業

　　　　□工　　　□商　　　□大眾傳播

　　　　□SOHO族　　　　□學生　　□其他_____

購書方式：□門市_____書店 □網路書店 □親友贈送 □其他_____

購書原因：□題材吸引 □價格實在 □力挺作者 □設計新穎

　　　　　□就愛印刻 □其他_____ （可複選）

購買日期：_____年_____月_____日

你從哪裡得知本書：□書店　□報紙　□雜誌　□網路　□親友介紹

　　　　　　　　　□DM傳單　□廣播　□電視　　□其他

你對本書的評價：（請填代號 1.非常滿意 2.滿意 3.普通 4.不滿意）

　　　　　　　書名_____ 內容_____封面設計_____版面設計_____

讀完本書後您覺得：

1.□非常喜歡 2.□喜歡 3.□普通 4.□不喜歡 5.□非常不喜歡

您對於本書建議：

```
┌─────────────────────────────────────┐
│                                     │
│                                     │
│                                     │
│                                     │
└─────────────────────────────────────┘
```

感謝您的惠顧，為了提供更好的服務，請填妥各欄資料，將讀者服務卡直接寄或傳真本社，
歡迎加入「印刻文學臉書粉絲專頁」：http://www.facebook.com/YinKeWenXue 和舒讀網
(http://www.sudu.cc)，我們將隨時提供最新的出版活動等相關訊息與購書優惠。

讀者服務專線：(02) 2228-1626　讀者傳真專線：(02) 2228-1598

念。我們聽了羅亭的話，我們初次覺得終於把這總綱絡把握了，好像一層幃幕被揭開了一樣！就像他所說的是撿拾別人的，這又有什麼關係！在我們所認識的事物中確立了秩序與和諧；一切分散的都合成整體，在我們的眼前成了定形，像一座房子地的撐豎起來，一切充滿了意義，到處都感覺到。……再也沒有一樣東西是沒有意義的，是偶然的，每樣事物都明顯地有巧智的設計和美，每一種事物都有了清晰的但仍是神祕的意義，生命的每一部分都和諧一致，我們懷著一種神聖的畏懼和虔敬，懷著愉快的情緒，覺得我們自己是永久的真理的有生命的神器，宿命注定要完成一些偉大的……這些在你看來不是很可笑的麼？」

「一點也不！」巴夫洛夫娜緩緩地回答；「為什麼你這樣想，我沒有完全聽懂你的意思；但是我並不以為這是可笑的。」

「當然，自從那時候我們變得聰明點了，」列茲堯夫繼續道：「現在，這一切好像很孩子氣……但是，我得重說一句，在當時我們大家受羅亭的賜益是不淺的。波珂爾斯基是無儔匹地比他偉大得多，這毫無疑義。波珂爾斯基把火和力噓渡給我們大家；但是他有時靈感不來便不說一句話。他是神經質，身體衰弱；但是當他展開翅膀來的時候——天哪，是何等的沖飛，一直到藍天的高處！在羅亭有許多卑微小器的地方，雖則外表漂亮，相貌魁梧，他甚至是一個長舌婦，他事事都歡喜插一手，事事他有他的定義和解釋。他的活動力是無窮盡的——他是真正愛管閒事

的政客。我所說的是我在那時認識的他。不幸他沒有改變。到了三十五歲他的信念也沒有改變！這不是任何人能自說自道的！」

「坐下吧，」巴夫洛夫娜說：「為什麼你像一隻鐘擺一樣地走來走去？」

「我歡喜這樣，」列茲堯夫回答。「且說，自從我加入了波珂爾斯基的小集團之後，我可以告訴你，巴夫洛夫娜，我完全改變了；我的自大去掉了，熱心想要學習；我讀書，我有了信心——換句話說，我覺得好像走進了教堂裡去一樣。真的，當我回憶起我們的集會，天啊！其中是有很多優美感人的場面。試想一群五六個的孩子聚在一起，點著一枝蠟燭？茶非常地苦，餅是走了味的；但是你得看看我們的臉，聽聽我們的談話！眼睛為著興奮發光，兩頰紅了，心跳加速，我們談著上帝，真理，人類的將來，詩……有時是胡扯，我們狂悅於這些廢話；但廢話又有什麼關係？……波珂爾斯基疊起腿坐著，蒼白的臉托在手裡，眼睛好像迸射出光輝。羅亭站在房間的中央，說著，說得非常漂亮，像年輕的提摩斯西尼斯（希臘雄辯家，政治家戰士）對著澎湃的海浪練習演說；我們的詩人，蓬頭亂髮的蘇波丁，好像從夢中偶然發出一兩聲驚嘆的詩句，而薛勒爾，四十歲的老學生，一位德國牧師的兒子，他的永久打不破的沉默，在我們中間有深刻的思想家的稱譽，比平時更莊嚴沉默；就是天真活潑的契托夫，我們團體中的亞里斯多芬尼斯（雅典最早戲劇作家，詩人）

也靜下來，只是做做鬼臉，兩三個新來的人興奮愉快地傾聽著。夜好像駕著翅膀似地悄悄飛去。在我們分手的時候，已經是天色發白的早上，滿懷興奮的情緒，快樂的，感到無上光榮的，陶然有幾分醉意（在這時候，我們是不喝酒的）……我記得我胸中充滿溫情走在空無一人的街上，仰望著天上的星星，用一種可信賴的眼光注視，好像它們是更近更可親了。啊，這歡樂的時間，我不能相信這是完全白過的！──就是對後來過著平凡生活的人們這也沒有白過。多少次我湊巧碰到這位我大學裡的老同學！可能他全然失卻人性的了，但是只要你在他的面前提起波珂爾斯基的名字，餘留在他內心深處的高尚感情便會被激起洋溢出來，好像在什麼暗黑骯髒的房間裡打開被遺忘了的香水瓶的塞子。」

列茲堯夫停止了，他的無血色的臉泛紅了。

「你什麼時候和羅亭鬧翻的，是什麼原因？」巴夫洛夫娜說，驚奇地望著列茲堯夫。

「我並沒有和他鬧翻，當我在國外全盤知道了他的底蘊時，遂和他疏離了。但是在莫斯科時，我真可能和他吵架的，在那裡我吃了他的大虧。」

「怎樣一回事？」

「就是這樣。我──怎樣告訴你呢？──和我的外表似乎不大相稱，我時常有陷入戀愛的傾向的。」

「你！」

「是的，我，奇怪嗎？但是不管如何，的確是這樣。

呀，當時我愛上了一個很美麗的少女……你為什麼這樣盯盯地望著我？我可以告訴你比這事更奇特得多的我的軼事哩！」

「是些什麼事，我可以知道嗎？」

「就是這樣。在莫斯科的時候我每晚都有約會——和誰，你猜？和花園盡頭的一株小菩提樹。我時常去抱它的苗條美麗的樹幹，我覺得好像擁抱了整個自然，我的心融化了膨脹了，好像整個自然真的擁入我的懷裡。那個時候我便是這個樣子。真的！你也許會想，我寫過詩嗎？……我當然寫詩，我甚至寫過一個完整的劇本，模仿拜倫的長詩《曼斐列特》的。在人物中有一個鬼魂，胸口都是血，並不是他自己的血，請注意，而是『全人類』的血……是的，夫人，你用不著奇怪這一些。但是我剛要把我的戀愛事件說給你聽。我認識一個女孩子——」

「你放棄了你和菩提樹的夜會嗎？」巴夫洛夫娜問。

「是的，我放棄了。這女孩又善良又美麗，她有明亮的眼睛和甜蜜的聲音。」

「你把她描寫得很不壞。」巴夫洛夫娜帶著微笑說。

「你是這樣苛刻的批評者，」列茲堯夫反辯說：「好啦，這女孩和她年老的父親住在一起……但是細節我不說了，我只要告訴你這位女孩子的心地是這樣地良善，假如你向她要半杯茶，她會給你滿滿的一杯！在和她會見兩天之後，我發狂地愛上了她，一星期後我便再也隱藏不住，詳詳細細地吐露給羅亭。墜入愛河的年輕人是忍不住要向

人傾訴的。我經常把我的一切告訴羅亭。在那個時候我是完全受他的影響；他的影響，我要明白說，在許多事情上面是有裨益的。他是第一個對我有興趣的人，想把我培植成材。我熱情地愛波珂爾斯基，在他的純潔的靈魂面前我感覺到一種敬畏，但羅亭是更可親的。當他聽到我的戀愛的時候，他便說不出地欣喜，慶賀我，擁抱我，立刻教導我，解釋給我聽我的新處境是多麼重要。我聽得張口結舌……你知道他是多麼會說話的。他的話對我有非常的影響。我立刻覺得自己是相當了不起，擺起一副嚴肅的面孔，笑也不笑。我記得我在那時候走路都很小心，好像肚皮裡放著無價的液體，怕會把它傾溢出來……我很快樂，尤其每個人都公開向我表示敬意。羅亭想和我的愛人認識，我自己也堅執著要介紹給他。」

「啊，現在我看到這是怎樣一回事，」巴夫洛夫娜插嘴道。「羅亭奪去了你的愛人，所以你永遠不能原諒他……我可以賭東道說我沒有猜錯。」

「你賭輸了，巴夫洛夫娜；你錯了，羅亭並沒有奪去我的愛人，甚至於連想也不曾想；但是，還是一樣，他把我的幸福斷送了……雖則，冷靜地觀察起來，我現在還要感激他。但是在當時我幾乎神經失常了。羅亭一點也沒有傷害我之意──倒相反；但是由於他可咒的惡習把不論什麼感情──他自己的和別人的──都要用話來釘住──好像把蝴蝶釘在標本箱裡一樣──他開始替我們剖析我們彼此的關係，我們應該怎樣互相接待，硬要我們向他報告我們

的感情和思想，他稱讚我們，也責備我們，甚至於我們往來的信札，他都要參加意見——你想想看！好了，結果他把我們弄得完全發瘋了！就是在那時候，我是不可能和這位少女結婚的（我多少還有點常識），但是至少我們可以幸福地過幾個月（波兒與維齊尼式）（《波兒與維齊尼》，法國貝那廷‧達‧聖彼得 1737 － 1814 所作戀愛小說），可是換來的卻是一連串的緊張，各色各樣的誤會。這樁事是羅亭了結的，一個美好的日子，他自信這是他做朋友的神聖義務，把一切的事情都去告訴她年老的父親——他這樣做了。」

「不，這是可能的麼？」巴夫洛夫娜喊道。

「是的，而且他是得到我的同意做的，請注意。妙便妙在這兒！就是現在我還記得當時我頭腦混沌昏亂，一切都上下顛倒了，事情好像在攝影機的暗箱裡面一樣——白的像黑，黑的像白；假的當作真的，幻想當作良心………啊，就是現在回憶起來都覺得可恥！羅亭——他永不畏縮——信靠他！他從一切的誤解和紛擾上面兜圈子，好像燕子掠過池塘。」

「後來你就和你那位甜蜜的少女說再見了？是嗎？」巴夫洛夫娜問。

「是的，我跟她說再見。可是我的舉動笨手笨腳的，真是糟透。我哭了，她也哭了——在眾人面前，完全不必要地公開……不知道是怎麼一回事……好像結了一個『戈登結』，要一刀把它割斷，這是很痛苦的！可是，世界上

的事情都是結果圓滿。她嫁給一個極體貼的男子，現在很幸福。」

「但是，你得承認，不管怎樣，你是永遠不會原諒羅亭。」巴夫洛夫娜說。

「並不盡然！」列茲堯夫打斷她的話，「剛剛相反，當他到外國去的時候，我哭得像一個孩子。說真話，在那時候我心裡已對他種下懷疑的種子。後來在外國碰見他的時候，我已成熟……羅亭的本相也給我看出來了？」

「你在他身上確確實實地看見些什麼，」

「剛才不是統統告訴你了麼。但是說他說得夠了。也許事情會變好的。我只要向你表明一句，假如我批評他過於苛刻，這並不是因為不了解他……至於關於娜泰雅我不想多說，只要看看你的弟弟便夠了。」

「我的兄弟！為什麼？」

「為什麼，難道你真的不曾注意到什麼？」

巴夫洛夫娜眼睛望著地上。

「你說得對，」她低聲地說。「的確──我弟弟──好幾天來他便和從前判若兩人了……但是你真的以為……」

「住口！我想他來了，」列茲堯夫輕聲說。「但是娜泰雅不是一個小孩子，請相信我，雖則不幸和小孩子一樣沒有經驗。你等著瞧，這女孩子會使你我驚異的。」

「怎樣呢？」

「哦，這樣……你知道正是這樣的女孩子才會去投水，服毒，等等，不要因為她貌似平靜而看錯了。她的感

情是強烈的,她的性格——天啊!」

「來了!我看你現在想入非非。在你那樣冷淡的人看來,也許連我都像是一座火山。」

「哦,不!」列茲堯夫回答,帶著微笑。「談到個性——你根本沒有個性,謝謝上帝!」

「這是何等無禮!」

「這,無禮,這是最高的讚美,請相信我。」

服玲薩夫跑進來,懷疑地望著列茲堯夫和他的姊姊。他近來瘦了。他們開始談話,但是他對於他們的諧謔連笑都懶得笑出來,正如畢加梭夫有一次說他的,好像一隻憂鬱的兔子。但是一生中沒有在某一時期看來像一隻憂鬱的兔子似的人,在世界上恐怕永不會有。服玲薩夫覺得娜泰雅從他身邊漂浮開去。隨同著她,好像腳下的土地也要滑走了。

7

　　次日是星期天，娜泰雅起身很遲。昨天她整天很少說
話；她暗自慚愧自己的眼淚，她睡得不好。衣服只披了一
半，坐在她的小鋼琴前面，間或彈了幾聲，聲音微弱得幾
乎聽不見，怕驚醒了彭果小姐；或是把前額靠在冰冷的鍵
盤上，一動也不動地伏在那兒好久。她想著，並不是想羅
亭，是想他所說的幾句話，她完全陷入沉思中。有時她記
起了服玲薩夫。她知道他愛她。但是這種對他的關懷一瞬
即逝了……她覺到一種異樣的激動。那天早上，她匆匆忙
忙地穿好衣服跑下來，和她的母親說了早安之後。找一個
機會便跑到園子裡去了。……天氣很熱，天空明朗，陽光
普照，雖則時有陣雨。微薄像煙般的浮雲靜靜地掠過清澈
的天空，卻沒有遮住太陽。頓時傾盆似地注下一陣急雨，
很快又停了。粗而密的雨點，像鑽石般耀眼，迅速地以沉
重的聲音打在地上；陽光透過它閃爍的顆粒；草剛才被風
吹得搖搖擺擺，也靜下來了，一動也不動像是在渴飲雨
水；淋濕了的樹木無力地搖動它的葉子；鳥不停地唱歌，
這流囀的啁啾夾著劈劈啪啪的雨聲，聽來很悅耳。塵土覆
蓋的道路被急驟的粗雨點打得飛揚起來，成了點點的淺
斑。於是雲收雨散，微風輕拂，草開始顯出翠綠和金黃的
顏色。潮濕的樹葉黏貼在一起，陽光從中間透射下來。四
周發出一股醉人的香味。

　　當娜泰雅走到園裡來的時候，天空幾無一片雲。園中

充滿著芬芳與寧靜，——那種與人慰藉的喜悅的寧靜，人處其間，心中便會被難以說明的渴望和祕密的感情激動了。

娜泰雅沿著池旁一行白楊走去，突然，好像從地下鑽出來似的，羅亭站在她的前面。她吃了一驚，他望著她的臉。

「你獨個兒麼？」他問。

「是的，我一個人，」娜泰雅回答，「但是我只出來走一會，馬上要回去了。」

「我和你一道走。」

他在她的旁邊走著。

「為什麼你一臉憂鬱？」他輕輕地問。

「我——我正想說你好像快快不樂似的。」

「也許是的——我時常是這樣。在我，比起你來更可以原諒些。」

「你以為我沒有什麼可以憂鬱的麼？」

「在你的年齡，你應當享受人生。」

娜泰雅沒有出聲地走了幾步。

「尼哥拉伊奇！」她說。

「什麼事？」

「你記得麼——昨天你所說的比喻——你記得麼——關於那橡樹？」

「是的，我記得，怎樣？」

娜泰雅偷看了他一眼。

「為什麼你——你說的比喻是什麼意思？」

羅亭把頭轉向一邊，眼睛望著遠處。

「娜泰雅！」他用一種他慣有的嚴謹和意味深長的樣子開始說，這種樣子時常會使聽者以為羅亭沒有表示出他心裡蘊藉著的感情十分之一——「娜泰雅！你也許注意到我很少說起我的過去。那兒有幾條我不去撥動的心弦。把它披露出來在我總覺得這是一種冒瀆。但是對你我完全坦白。你贏得我的信任……我不能瞞你，我也和一切的人們一樣有愛也有痛苦……什麼時候，怎樣的？這些都不值一提；但是我的心是受過很多幸福和很多痛苦的……」

羅亭略停了一下。

「昨天我對你說的，」他繼續道：「在某種程度可以應用到我目前的處境。但是這些也是不值一提。這一方面的生活於我已成過去了。留下來給我的是煩累的疲勞的旅途，沿著灼熱的塵封的道路從一處到另一處……什麼時候才走得到——是否走得到——天知道……還是讓我們談你的事罷。」

「這是可能的麼，尼哥拉伊奇，」娜泰雅打斷他的話，「在生命中你不希望些什麼？」

「哦，不！我希望的很多，但不是為了自己。……我將永遠不放棄積極的工作，從活動中得到的喜悅。但是我把我個人的享樂拋棄了。我的希望，我的夢想和我自己的幸福二者不可得兼。愛——」說到這個字，他聳一聳肩膀，「愛不是為我存在的；我消受不起；一個女人愛男

人，她有權利要求他的一切，而我不能獻出我的一切。其次，青年人才會被喜歡，我是太老了。我為什麼要別人神魂顛倒呢？謝謝上帝，我能保持神志清醒。」

「我明白了，」娜泰雅說：「一個志在崇高目標的人不應該想到自己，但是難道一個女人便不能知道這樣男人的價值麼？相反，我倒想，一個女人寧願拒絕一個自私的人……所有的青年——你所說的青年——都是自我主義者，他們只顧自己，甚至於他們在戀愛的時候也是這樣。請相信我，一個女人不單能夠重視犧牲的價值，並且她也能犧牲自己。」

娜泰雅的雙頰微微紅了，眼睛發光。在她沒有和羅亭認識以前，她從來不曾說過這樣冗長的熱烈的話。

「你曾經不只一次地聽到我對一個女人的使命的意見，」羅亭回答，帶著謙遜的微笑。「你知道我認為只有貞德（1412－1431，被稱作『奧倫之女』的法國女烈士。英法戰爭時解奧倫之圍，拯法國於瀕亡。後被捕為英軍焚死）一人能拯救法國……但是要點不在這裡。我要說的是你。你正站在人生的門檻上……談論你的未來不但是愉快的事而且也會有所收穫。你聽我說，你知道我是你的朋友，我像親人般關心你，所以我希望你不要認為我所問的問題是欠審慎的；請告訴我，你的心從來不曾感動過麼？」

娜泰雅滿面通紅起來，什麼也沒有說。羅亭站住了，她也站住。

「你不對我生氣麼？」他問。

「不，」她回答，「但是我沒有想到──」

「可是，」他繼續說：「你不用回答我。我知道你的祕密。」

娜泰雅幾乎是驚愕地望著他。

「是的，是的，我知道誰贏得了你的芳心。我應當說你是不能有更好的選擇了。他是極好的人，他知道怎樣尊重你，他不曾受過人生的折磨──他是單純的，靈魂高潔的……他將使你幸福……」

「你指誰，尼哥拉伊奇？」

「難道你還不懂麼？自然是指服玲薩夫，怎樣？對麼？」

娜泰雅向羅亭背過身去，跑開一點，她是完全失卻主意了。

「他愛你，不是麼？他眼睛離不開了你，緊望著你的每一個動作；愛是瞞得住的麼？你自己不也是對他有好感麼？據我所觀察到的，你母親也喜歡他。……你選中的人──」

「尼哥拉伊奇，」娜泰雅插口道，在迷亂中把手向近身的一株小樹伸去，「到我真的覺得談論這事使我很尷尬，但是我向你保證，……你錯了。」

「我錯了！」羅亭複說一句。「我想不會的。我認識你不很久，但是我已經很了解你。我眼見你心中起了改變，這什麼意思？我看得很清楚。你是不是和我初次遇見

你的時候——六星期之前，完全一樣呢？不，娜泰雅，你的心煩躁不安。」

「也許，」娜泰雅回答，幾乎輕得聽不見，「但是還是一樣，你錯了。」

「怎麼會？」羅亭問。

「走開去罷！不要再問我！」娜泰雅大聲說，用急速的腳步朝屋子走去。

她是被自己突然意識到的感情驚住了。

羅亭趕上她，把她留住。

「娜泰雅，」他說：「我們的談話不能像這樣了結啊；這對我是太重要了……我怎樣去了解你的意思呢？」

「走開去罷！」娜泰雅再說一遍。

「娜泰雅，看老天份上請你！」

羅亭的臉上顯示他的激動不安來。他面色蒼白。

「你事事都懂，一定也了解我！」娜泰雅大聲說；她掙脫他的手向前跑去，頭也不回。

「只要一句話！」羅亭在她的後面喊。

她站住了，但沒有回過頭來。

「你問我昨天的比喻是什麼意思，你要知道，我不想騙你。我是說我自己，我的過去，——和你。」

「怎樣，說我？」

「是的，說你；我再重複一句，我不想騙你。現在你知道這感情是什麼，我剛才說過新的感情……直到今天我還不能確定……」

娜泰雅突然把臉埋在手裡，向屋子奔去。

她是被和羅亭談話中意料不到的高潮迷亂了，甚至於跑過服玲薩夫的身邊都沒有注意到他。他一動不動地站著，背靠在樹上。他是一刻鐘前來到的，在客廳裡遇見密哈伊洛夫娜；和她談了幾句話之後，在別人不注意中溜出來找娜泰雅。被愛的第六感引導，他一直跑到園子裡，正巧碰見娜泰雅掙脫開羅亭的手。他眼前似乎發黑。望著娜泰雅的背影，他離開樹踱了兩步，不知道到那裡去好，也不知道為了什麼。羅亭跑上前來的時候看到他。大家面對面望一望。點點頭，默默地離開。

「這不是結局。」兩人都在想。

服玲薩夫跑到園子的盡頭，他覺得厭惡和傷心；他的心情沉重，他一會兒又感到憤怒。雨又下了。羅亭回到自己的房間。他也不能安靜下來；他的思想是在漩渦裡。真摯地出乎意外地接觸到一個年輕而又高貴的心靈，任何人都會意亂情迷。

餐桌上情形有幾分不對。娜泰雅，臉色蒼白，坐立不安的，不曾抬起眼睛來。服玲薩夫和平時一樣地坐在她的旁邊，不時和她談幾句。這一天恰好畢加梭夫也在密哈伊洛夫娜家裡吃飯。在桌上他比任何人都談得多。在許多別的談話中他說起人，好像狗，可以分長尾巴的和短尾巴的兩類。短尾巴的人們，他說，或是生來短尾或者是自作孽。短尾巴的人們處境都是悲慘的；他們什麼都沒有成就──對自己也沒有自信。但是有了毛茸茸的長尾巴的人是

幸福的。他也許比短尾巴的差一些，弱一些；但是他自己相信自己；他把他的尾巴不停搖擺，人人都讚美他。這真是莫名其妙；尾巴，當然，是完全沒有用的身體一部分，你同不同意，尾巴有什麼用呢？但是大家都憑尾巴判斷他們的能力。「我自己呢，」他嘆了一聲說，「是屬於短尾巴一類的，最著惱的是，我自己把我的尾巴弄斷了。」

「你所說的，」羅亭隨口說：「在你之前很早拉霍甫戈（1613－1680，諷刺詩作家）便說過了；先信任你自己，然後別人也會信任你。為什麼扯到尾巴上去，我不懂。」

「讓每一個人，」服玲薩夫尖刺地說，眼睛在發光，「讓每一個隨他的高興來表達自己，談到專制！……我想沒有比所謂聰明人的專制更壞的了；天罰他們罷了！」

從服玲薩夫的口中突然吐出這樣的話，大家都愕然了，沒有人出一聲。羅亭試想望他一眼，但是抵不住他的注視，轉過頭去，閉著嘴苦笑了一下。

「啊哈！你也是短尾巴的！」畢加梭夫想；娜泰雅怕得要死，密哈伊洛夫娜茫然不解地凝視著服玲薩夫，終於第一個開口說話；她開始描述一隻異常珍貴的某某大臣的狗。

飯後不久服玲薩夫便告辭了。當他向娜泰雅告別的時候，他禁不住向她說：

「為什麼你迷惘失神，好像做了錯事一樣？在人們的眼裡你是不會做錯事的！」

娜泰雅不懂他的意思，只在背後呆望著他離去。在喝茶前，羅亭跑到她面前，身子俯在桌面上，好像在察看什麼報紙一樣，低聲說：

「一切都像作噩夢，是不是？我必須和你單獨見一面，就是一分鐘也好。」他轉向彭果小姐，「這就是你所要找的一篇文章，」於是又轉向娜泰雅，輕輕地加了一句，「想辦法在十點鐘左右到紫丁香花亭附近，我等你。」

畢加梭夫是今晚的英雄。羅亭把地盤放棄給他。他逗得密哈伊洛夫娜很高興；起先他說起他的一個鄰人的故事，說他三十年來被他的老婆管怕了，性情變成女性似的，有一天他涉過一個水潭的時候，畢加梭夫恰在那裡，他用手撩起他的大衣，正像女人撩起裙子來一樣。後來他又說到另一個人，他起先是共濟會（自由石工及參加石工之人，創立於中古。迨十八世紀初葉，始邀石工以外職業者參加。在舊俄，十八、十九世紀之間，此種祕密結社之風極盛，一時成為社會改革之先聲）會員，後來成為憂鬱病患者，最後又想作一個銀行家。

「如何作共濟會會員，腓立普·斯蒂普尼奇？」畢加梭夫問他。

「簡單得很，我把小指的指甲留得很長。」

但是最逗得密哈伊洛夫娜大笑的，是畢加梭夫開始談到戀愛的時候，堅持著說他也曾經被人仰慕追求過的，說是一位熱情的德國婦人甚至於替他起了綽號叫作她的「小阿菲利加寶貝」，她的「嘎聲的小烏鴉」。密哈伊洛夫娜笑

了，但是畢加梭夫倒沒有吹牛，他真的是有可以驕傲的地方的。他說沒有比使女人愛上你更容易的了；你只要接連地向她說上十天，說她的聲音像天上的音樂，其餘的女人和她比起來便是一些垃圾；在第十一天她自己便會說她的聲音像天上的音樂，凝視著她的眼睛是多麼地幸福，她便會愛上你。世界上什麼事都能發生，所以誰知道，也許畢加梭夫的話是對的？

　　九點半（俄國的夏天，到夜裡九點半的時候地平線上還有落日的餘暉）的時候，羅亭已經在亭子裡了。星星從遠處蒼白的天空出現；西方，紅色的殘暉尚未消盡，地平線上顯得更清湛了；半圓的月亮從如泣如訴的白楊樹枝葉交錯的黑網裡露出金黃的臉。一些樹木好似猙獰的巨人站著，枝葉的罅隙好像幾千雙的小眼睛，或者錯疊成一堆堆密集的黑影。沒有一片樹葉在動著，紫丁香花和莉毯花的最高枝在溫暖的空氣中向上伸展著，好像在探聽什麼。房屋成了一團黑影；一小塊一小塊的紅光示出點著燈火的長窗；這是寧靜而和平的黃昏，在這裡充滿熱情的嘆息。

　　羅亭站著，雙手交叉疊在胸口，緊張地注意傾聽。他的心跳得厲害，他不由自主把呼吸屏住。終於他聽到了輕輕的急促腳步聲，娜泰雅到亭子裡來了。

　　羅亭迎上前去，握住她的手。它冷得和冰一樣。

　　「娜泰雅！」他以發抖的低聲說，「我要見你……我不能等到明天。我一定要告訴你我自己都沒有想到的──就是今天早上也不曾察覺到的。我愛你！」

娜泰雅的手在他的掌裡微微顫動。

「我愛你！」他重複說，「怎麼會這許久我自己瞞著自己？為什麼很早以前我不曾猜到我愛你？你呢？娜泰雅，告訴我！」

娜泰雅幾乎呼吸都透不過來了。

「你看我跑到這裡來了。」她終於說。

「可是，告訴我，你愛不愛我？」

「我想——是的。」她輕輕地說。

羅亭更熱情地握著她的手，想把她拉到身邊來。

娜泰雅很快地向四周一看。

「讓我去罷——我怕……我想有人在偷聽我們……看上帝的面上，你小心點。服玲薩夫疑心著。」

「不要管他！你看今天我簡直沒有回答他的問話。……啊！娜泰雅，我多麼幸福！現在將沒有什麼能夠把我們分開！」

娜泰雅望著他的眼睛。

「讓我去罷，」她低聲地說：「時候到了。」

「再等一刻。」羅亭說。

「不，讓我去，讓我去罷。」

「你好像怕我。」

「不，但是時候到了。」

「那麼，至少再說一次。……」

「你說你是幸福的麼？」娜泰雅說。

「我？世界上沒有比我更幸福的了！你還不相信麼？」

　　娜泰雅抬起她的頭。她蒼白的臉孔是美麗的，在這神祕的黃昏裡，微弱的月光照射下，她臉上現示著高貴、青春和激動。

　　「那麼我告訴你，」她說，「我是你的。」

　　「哦，天哪！」羅亭喊。

　　但是娜泰雅挪開身子，去了。

　　羅亭又站了一會，於是慢慢地走出亭子來。月光照亮他的臉，他的唇上帶著一絲微笑。

　　「我是幸福的，」他輕輕地說，「是的，我很幸福。」他又重說了一句，好像他要使自己相信。

　　他伸一伸腰，搖一搖頭髮，很快地跑進園子裡，兩手快樂地左右揮舞。

　　同時紫丁香的矮樹叢靜靜地被分開了，柏達列夫斯基走出來。他小心地向四周看了一看，搖搖頭，皺一皺嘴唇，鄭重地說，「原來是這樣。我要告訴密哈伊洛夫娜讓她知道。」他隱沒了。

8

服玲薩夫回到家中，非常憂鬱，沮喪，沒精打采地回答他姊姊的問話，很快地把自己鎖在房裡，於是她決定差人通知列茲堯夫。在困難的時候，她時常求助於列茲堯夫的。列茲堯夫回覆她說第二天來。

第二天早晨服玲薩夫仍然不見得高興。早茶過後他原要出去監督田莊的工作，但是他留在家裡，躺在沙發上，手裡拿起一本書——這是不常有的事。服玲薩夫對文學沒有興趣，詩只會使他害怕。他很喜歡說：「這是和詩般的荒謬。」為要證實他的話，他時常引下面的一位俄國詩人的句子：

等到他的慘澹的一生完時，
理智和驕傲的折磨，
將不會碾碎和揉縐，
血染的命運的勿忘我花。

巴夫洛夫娜不安地望著她的弟弟，但是並不多問，免得打擾他。一輛馬車來到了。

「呵！」她想，「列茲堯夫，謝天謝地！」

一個僕人進來報說羅亭來了。

服玲薩夫把書拋在地上，抬起頭來。「誰來了？」他問。

「羅亭。」僕人重複一句,服玲薩夫站起來。

「請他進來,」他說;「姊姊,」他回頭向巴夫洛夫娜說:「請你避開,讓我們兩人單獨在一起。」

「為什麼?」她問。

「我自有道理,」他很快打斷她的話,說:「我請你避開。」

羅亭進來。服玲薩夫站在房間的當中,冷冷地點一點頭招呼他,沒有向他伸手。

「請你承認,你沒有想到我會來這裡罷,」羅亭開言說,把帽子放在窗口旁邊。他的嘴唇微微有一點發抖。他有點不自在,但是想把他的局促不安隱藏住。

「不錯,我並沒有料想到,」服玲薩夫回答,「在昨天的事情發生了之後。我倒是等著有什麼人會替你送信來。」

「我懂得你的意思,」羅亭說,坐了下來,「我很感激你的爽直。這樣比較好得多。我想你是可敬而體面的人。所以親自跑來謁見。」

「我們可不可以省去這些客套呢?」服玲薩夫說。

「我要向你解釋我為什麼要來。」

「我們是相熟的,為什麼你不可以來?再者,你也並不是初次光臨。」

「我來,一如有體面的人拜見另一位有體面的人,」羅亭重複說:「現在我把我的公正的理性⋯⋯我完全信任你。」

「什麼事？」服玲薩夫說，他一直站在原處，不高興地瞪著羅亭。有時抇一抇他的短髭。

「請你准許我解釋……我來此是要把事情澄清，當然，這不是幾句話說得明白的。」

「為什麼不？」

「事情牽連到第三者。」

「誰是第三者？」

「塞爾該·巴夫里奇，你懂我的意思。」

「德密特里·尼哥拉伊奇，我一點都不懂你的意思。」

「隨便你──」

「我喜歡明明白白地說！」服玲薩夫插進一句。

他實在要動氣了。

羅亭皺一皺眉。

「很好……目前只有你我兩人……我得告訴你──雖則你一定早就猜到的（服玲薩夫不耐煩地聳一聳肩膀）──我必須告訴你我愛娜泰雅，而且我有權利相信她也愛我。」

服玲薩夫臉色發白，但是沒有回答。他走到窗口旁邊，背朝著裡面。

「你懂得，塞爾該·巴夫里奇，」羅亭繼續說：「假如我沒有這種自信，……」

「當然！」服玲薩夫打斷他的話，「我一點也不懷疑……太好了！祝你幸運！我只奇怪什麼鬼主意引你把這喜訊告訴我。這跟我有什麼關係？你所愛的人或愛你的人和

我有什麼相干？我簡直不懂。」

服玲薩夫繼續地注視著窗外。他的聲音有點哽塞。

羅亭站起來。

「我要告訴你，塞爾該‧巴夫里奇，為什麼我決定來你這裡，為什麼我想我沒有權利把我們——她和我——互愛的感情瞞住你。我對你的尊敬太深了——這就是為什麼我要來的緣故，我不要……我們倆都不願在你面前玩把戲。你對於娜泰雅的感情我是知道的。……相信我，我自己並沒有妄想，我知道我是多麼不配在她的心中占據了你的地位，但是如果命運如此，這樣說明了不是比虛飾、作偽、欺騙要好一些麼？比把我們弄成誤會，甚至於弄成如同昨天晚餐桌上那種場面要好一些麼？塞爾該‧巴夫里奇，請你自己告訴我，這麼？」

服玲薩夫把手抱在胸前，好像要按捺住自己似的。

「塞爾該‧巴夫里奇！」羅亭繼續說：「我感到我使你痛苦，——但是請了解我們——了解我們沒有別的方法來表示我們對你的尊敬，來表明我們知道怎樣感謝你正直高貴的心靈。坦白，完全的坦白，對別的人們也許不適用；但是對你這是一種義務。我們很高興地認為我們的祕密都在你手中。」

服玲薩夫發出勉強的笑聲。

「謝謝你對我的信任！」他大聲說：「雖然，請你注意，我並不希望知道你的祕密，也不想把我的祕密告訴你，——縱然你把它當作自己的私產一般——但是，你自

然是代表你們兩個人說話。那麼我可以猜想娜泰雅知道你到這裡來和來此的目的罷？」

羅亭顯得有點尷尬。

「不，我沒有把我的來意告訴娜泰雅；但是我知道她會贊成我的行動。」

「好極了！」服玲薩夫停了一會說，用手指攝著玻璃窗，「雖然我承認假如你對我少尊敬倒好些。說句老實話，我並不希罕你的尊敬；但是現在你要我做什麼？」

「我不要什麼，——或者，不！我只要一件：我要你不把我看作一個口是心非的偽善者，要了解我……我希望你總不至於懷疑我的誠意……我要我們，塞爾該·巴夫里奇，像朋友般地離開……你要和從前一樣地把手伸給我。」

羅亭跑到服玲薩夫面前。

「原諒我，我的好先生，」服玲薩夫說，回轉身來向後退了幾步，「我準備完全平心靜氣接受你的好意，我承認這些都很好，很高超，但是我們是簡單平凡的人，我們習慣於家常便飯，我們跟不上像你那樣的大思想家的迅飛疾展……你意下以為誠懇的，我們看作是無禮的，不智的，和欠審慎的……對你很清楚很簡單的，對我們是錯綜的隱瞞的………我們要守祕密而你要吹擂開來……我們怎樣能了解你！原諒我，我不能把你看作一位朋友，也不伸手給你……這是很小器的，但是我只是一個小器的人。」

羅亭從窗檻上拿起帽子。

「塞爾該・巴夫里奇！」他很悲愁地說：「再會。我的料想錯了，我的拜訪原不近情理……但是我希望你……（服玲薩夫做著不耐煩的動作）原諒我，我不再提起這些了。從各方面想一想，我看你是對的，你只好這樣做。再會。容許我至少再說一次，最後的一次向你保證我的來意是真純的……我相信你會保守祕密。」

「夠了！」服玲薩夫大聲說，氣得發抖，「我從來沒有要求過你的信任，這樣你便沒有任何權利來要求我會替你保守祕密！」

羅亭還想說些什麼，但是他只攤開雙手，一鞠躬，去了，服玲薩夫身子一倒，躺在沙發上，臉朝著牆壁。

「我可以進來麼？」門外巴夫洛夫娜的聲音。

服玲薩夫沒有即時回答，偷偷地把手抹一下臉。「不，親愛的，」他說，聲音有點改變，「再等一會。」

半點鐘後，巴夫洛夫娜又來門外。

「密哈伊里奇來了，」她說；「你要見他麼？」

「好，」服玲薩夫回答，「請他上來。」

列茲堯夫進來。

「什麼事，你不舒服麼？」他問，在沙發旁邊的一張椅子上坐下。

服玲薩夫欠身起來，斜靠在肘上，在他的朋友的臉上注視了很久，於是一字不漏地把他和羅亭的對話全部告訴列茲堯夫。他以前不曾對列茲堯夫提起過他對娜泰雅的感情，雖然他猜想這於他並不是祕密。

「好，小夥子，你使我吃驚！」服玲薩夫說完時，列茲堯夫馬上說：「我本以為他有什麼奇奇怪怪的事做出來，但是這未免——然而在這裡面我仍舊看出他來。」

服玲薩夫，非常興奮說：「這實在是過分無禮，我幾乎要把他攢出窗口去。他是來向我誇口呢，還是他害怕？這是什麼目的？怎樣他會起了這樣的主意跑去看一個——？」

服玲薩夫把手放在腦後，不說話了。

「不，小夥子，這不是的，」列茲堯夫很平靜地回答：「你會不相信，但是真的，他的動機是好的。是的，真的。你看不出來麼？這樣才是高貴，正直，才能給他一個講話的機會，顯出他的口才，這就是他那種人所需要的，沒有它便不能生活。呵，他的舌頭是他要命的敵人，雖然也是他得力的僕人。」

「他進來說話的時候的神氣是多麼嚴肅，你簡直想不到！」

「對，這是他的本質。他把他的外套扣得整整齊齊的好像要盡一樁神聖的義務一樣。我真想把他放在一個荒島上，看他怎樣過活。而他是大談其單純樸素的生活的。」

「但是告訴我，親愛的朋友，」服玲薩夫問，「這是什麼？是哲理還是什麼？」

「我怎樣告訴你？一方面這是哲理，我敢說，在另一方面又是完全不同的東西。把什麼廢話都弄在一起當作哲理，這是不對的。」

服玲薩夫望著他。

「那麼他在撒謊麼？你想是不是？」

「不，我的孩子，他沒有撒謊。但是，你知道，關於他我們已經說得夠了。讓我們點起菸斗，請巴夫洛夫娜進來。她和我們在一起的時候，我們說話要容易些，要靜默也容易些。她可以替我們倒茶。」

「很好，」服玲薩夫回答。「莎夏，請進來，」他大聲叫。

巴夫洛夫娜進來，他握住她的手，緊緊地壓在他唇上。

羅亭回去，腦筋在異乎尋常的混亂狀態中。他對自己發惱了，他責備自己，責備他的不可原諒的魯莽，孩子氣的衝動。有人說得好：沒有比自己意識到做了傻事更痛苦的了。

羅亭被悔恨噬嚙著。

「什麼鬼主意驅使我，」他在齒縫間喃喃道：「去會見這傢伙！這是什麼想頭！只是自找侮辱！」

但是在密哈伊洛夫娜的家中有些異常的事情發生了。女主人整個早晨都沒有出現，也沒有出來吃晚飯；據柏達列夫斯基說，她頭痛，只有他一個人被允許進她的房間裡去。娜泰雅呢，羅亭也很難得見她一面；她和彭果小姐一起坐在自己的房裡。當她在晚餐席上遇見羅亭時，悽然望了他一眼，他的心都沉下去了。她的臉改變了，好像從昨天起有什麼災難壓著她。羅亭也為了將有什麼變故發生的

模糊預感，而感到不安。為要排遣他的煩惱，他便去找巴西斯它夫，和他談了很多，發現他是一個熱情懇切的青年，滿懷著崇高的希望和不渝的信仰。晚上，密哈伊洛夫娜在客廳裡出現了幾個鐘頭。她對羅亭很客氣，但是有幾分疏遠，笑著，皺著眉頭，從鼻孔裡說話，大部分都是暗示。事實上她是在社交場中宮廷貴婦人的神氣。她似乎對羅亭冷淡了。「這祕密是什麼？」他覺得奇怪，斜眼望著她那細小歪著的頭。

　　他不用等多久便得到這謎的答案。當他那晚上十二點回到房裡的時候，他走過一道暗黑的走廊，有什麼人突然把一張字條摔在他的手裡。他向四周一望；一個女孩子很快地跑掉，他猜想是娜泰雅的侍女。他回到房間裡，把僕人支使出去，打開字條，讀娜泰雅手書的幾行字：

　　　　請你明天早晨七點鐘，不要太遲，到阿夫杜馨池來，在橡樹林的那邊。別的時候是不可能的。這是我們最後的會面，什麼都完了，除非……請你一定要來，我們必得決定。

　　　　又及：假如我不來，這意思便是說我們將不能再見了。那時我會通知你。

　　羅亭把這字條在手裡翻來覆去，默默地想著，於是把它放在枕頭底下，脫衣服，躺下去。他很久都沒有睡著，只是微微地入睡，醒來的時候，還不到五點鐘。

9

　　阿夫杜馨池，娜泰雅指定在那兒附近作約會的地點，很久以前便不成其為一個池了。三十年前，堤岩崩了，水流了出去，從此便廢棄。只有原先一片汙泥堅結成平坦的池底的窯穴，和依稀可辨的堤岸的痕跡，令人想起這曾經是一個池子。池的附近原有一幢房子。也在很久以前便坍毀了。僅有巨松兩株，留存一些記憶而已。風永遠在松樹的修長蒼綠的高枝悲嘯著。流傳於人們中間的神祕傳說，說是在這松樹底下曾發生過可怕的罪惡；他們時常說，假如其中有一株樹倒下來，一定會殺死什麼人的；從前還有第三株，被一陣暴風吹倒，壓死了一個女孩子。這古池附近一帶說是常常有鬼魂出現；這裡寸草不生，滿目荒涼，就是天氣好的時候，也暗黑陰沉——把附近一座年代久遠滿是枯死的橡樹林，襯得更加陰暗了。幾株大樹在低矮的灌木叢中，好像疲乏了的巨靈抬起它灰色的頭臉。令人看了毛骨悚然，有如陰險的老人，聚在一起商量什麼惡魔的計畫。一條很少有人走的狹窄小徑在附近通過。假如沒有特別的理由，人們是不會到阿夫杜馨池附近去的。這池離密哈伊洛夫娜的家不到三分之一英里。

　　羅亭到阿夫杜馨池附近的時候，太陽已經出來有好一會兒了。這並不是晴朗的早晨。乳色的濃雲遮滿了天空，被呼嘯悲號的風驅逐著。羅亭沿著長滿牽裳綴襟的牛蒡草和斑黑的野蕁麻的堤岸走來走去，滿心忐忑不安。這些晤

談，這些新的感情糾纏著他，但也令他興奮，尤其是讀了昨晚那張字條之後。他預感結局臨近了，精神上暗暗在煩惱，雖然看他雙手抱在胸前，望著四周，帶著凝神集慮的堅決的樣子，想不到他有這種心事。畢加梭夫有一次說得真對，說他像一個中國的塑像，頭總是太大了，因之失卻全身的平衡。但是一個人只憑著頭腦，無論他天分多高，他自己也很難知道他腦子裡想些什麼……羅亭，聰明的羅亭也不能肯定說他是否真愛娜泰雅，假如離開了她，是否痛苦，是否將會感到痛苦。既然他一點也沒有玩玩戀愛把戲的意思，——這一點是可以相信的——那麼為什麼他去挑逗那可憐的女孩子的心呢？為什麼他懷著祕密的渴望等待著她？對於這些問題唯一的解答便是沒有比薄情的人更容易被自己的情感帶著走了。

他在堤上走來走去，同時娜泰雅踏著潤濕的草，一直穿過田野，急急地向他跑來。

「小姐！小姐！你的腳會全弄濕了，」他的侍女馬夏說，她幾乎跟不上。

娜泰雅沒有聽她，也沒回頭看，向前跑著。

「啊，只要他們沒有看到我們！」馬夏說了一遍又一遍：「簡直是奇蹟，我們怎樣從屋子裡跑了出來！……要是彭果小姐醒來。……還好，並不很遠，……呵，他已經在等著了，」她接著說，突然看到羅亭長大的身軀，宛如入畫地站在堤上；「他站在這高堤上做什麼——他應該隱藏在池窪裡。」

娜泰雅站住了。

「在此地等一等，馬夏，在這松樹旁邊，」她說。跑到池旁去。

羅亭迎上她，他突然驚愕地站住。在她的臉上從來沒有看到過這樣的表情。她的眉攢攏來，嘴唇緊閉著，眼睛堅定的一直望著前面。

「尼哥拉伊奇，」她說：「我們沒有時間可浪費。我來只能有五分鐘。我須得告訴你我母親什麼都知道了。前天柏達列夫斯基看到我們，把我們的約會告訴了她。他常常是媽媽的偵探。昨天她叫了我去。」

「天哪！」羅亭喊道：「這真糟。……你母親說些什麼？」

「她並沒有對我生氣，她沒有罵我，只是她責備我缺少審慎。」

「就是這樣麼？」

「是的，她宣稱寧願看到我死而不願看到我作你的妻子！」

「她真的這樣說麼？」

「是的，她還說你自己也不想要和我結婚，你只是和我調情，因為你無聊，說是她沒有料到你會這樣；但這都是她自己不好，讓我和你見面太多……說是她相信我聰明懂事，但是我這回使她驚異了……啊，我記不得她對我所說的一切。」

娜泰雅用一種平平的，幾乎沒有表情的聲音說這些

話。

「你，娜泰雅，你回答些什麼呢？」羅亭問。

「我回答什麼？」娜泰雅重複一句，「現在你打算怎麼辦呢？」

「天哪！天哪！」羅亭回答，「這是殘酷的！這樣快……這突然的打擊！……你母親真是這般麼？」

「是的，是的，她聽都不要聽到談起你。」

「這糟透了！你竟以為沒有希望了麼？」

「沒有。」

「為什麼我們這樣不幸！這惡毒的雜種柏達列夫斯基！……你問我，娜泰雅，我打算怎麼辦？我頭都亂了——我什麼都想不出……我只感覺到我的不幸……我很奇怪你能夠這樣地保持鎮定！」

「你想我心裡是好過的麼？」娜泰雅說。

羅亭開始在堤岸上來回走。娜泰雅眼睛一直望著他。

「你母親有沒有問到我們的事情？」羅亭終於問。

「她問我是否愛你。」

「你怎樣說？」

娜泰雅靜默了一刻。「我說了真話。」

羅亭握住她的手。

「永遠是，不論什麼事情上面，都是高貴，心胸廣闊的，哦，女孩子的心是純金！但是你的母親真的這般堅決地聲明我們是不可能結婚的麼？」

「是的，很堅決。我已經對你說過；她相信是你自己

不想和我結婚。」

「那麼她把我看作一個騙子！我做了些什麼，受到這猜疑呢？」羅亭把他的頭抱在手裡。

「尼哥拉伊奇！」娜泰雅說：「我們只是浪費時間。記住，這是我最後一次見你。我來這裡不是為了哭，不是為了訴苦——你看我並沒有流淚——我是來徵求你的意見。」

「我什麼意見可以給你，娜泰雅？」

「什麼意見？你是男人，我一向相信你，我要相信你到底。告訴我，你打算怎麼辦？」

「我的打算……你的母親可能要把我趕出去。」

「也許是的。昨天她告訴我她要和你斷絕一切來往……但是你沒有回答我的問題？」

「什麼問題。」

「你想我們現在應該怎麼做？」

「我們應該怎樣做？」羅亭回答：「當然是服從。」

「服從，」娜泰雅慢慢地重複說一遍，她的嘴唇變白了。

「服從命運，」羅亭繼續說。「此外還能夠做些什麼呢？我很知道這是多麼辛酸，多麼痛苦，多麼難忍。但是你自己想一想，娜泰雅，我是窮人，固然我可工作，但是就算我是一個有錢的人，你能夠忍受和你的家庭破裂，忍受你母親的發怒？……不，娜泰雅，簡直連想都不要想。這是很明顯的，我們是命裡注定不能生活在一起，我所夢

想的幸福是非我所有的！」

突然娜泰雅把臉藏在手裡，開始哭起來。羅亭走近她。

「娜泰雅！親愛的娜泰雅！」他帶著溫情說：「不要哭，看上帝面上，不要折磨我，平靜下來。」

娜泰雅抬起頭來。

「你要我平靜下來，」她說，她的眼睛在淚中發光：「我並不是為了如你所想的那些理由而哭──對這我一點也不悲哀，我悲哀的是受了你欺騙……什麼！我是來徵求你的意見的，在這個時候！而你的第一句話是服從！服從！這就是實行你所談的獨立，犧牲麼，這些……」

她的聲音咽住了。

「但是，娜泰雅，」羅亭不知所措地說：「記住──我並不是不忠於我的話──只是──」

「你問我，」她以新的力量繼續說：「我用什麼話來回答我的母親，當她聲明說是她寧願我死而不同意我和你結婚的時候；我回答說是我寧願死而不願另嫁給別人……而你說：『服從！』她一定是對的了；你一定，因為沒有事做，因為無聊，和我來鬧著玩的。」

「我向你發誓，娜泰雅──我向你保證──」羅亭分辯說。

但是她沒聽。

「為什麼你不阻止住我？為什麼你自己也不──或者你是沒有料想到阻礙麼？我說這話很慚愧──但是我看現在

一切都成過去了。」

「你得靜下來，娜泰雅，」羅亭說：「我們要一起商量一下有什麼方法——」

「你時常說犧牲自己，」她插口說：「但是你知道麼，假使你今天立刻對我說：『我愛你，但是我不能和你結婚，我不擔保將來，把你的手給我，跟我來罷。』你知道麼？我會冒一切危險跟你走！但是說話和行為是這樣大不相同，現在你是害怕了，正如前天在晚餐席上害怕服玲薩夫一樣。」

羅亭臉都紅了。娜泰雅出乎意料的熱情震驚了他；但是她最後的一句話傷了他的自尊心。

「現在你是太激動了，娜泰雅，」他說：「你想不到你如何尖酸地傷了我。我希望時間過後你會了解我；你會了解我放棄了你自己承認於我並無任何義務的幸福是付了多大代價。你的平安比世上的一切於我更為寶貴，我將成為人類中最卑賤的人，假如我利用機會——」

「也許是的，也許是的，」娜泰雅打斷了他的話，「也許你是對的，我不知道我在說些什麼。但是直到現在我是相信你，相信你所說的每一句話。……將來，請你衡量你的話罷，不要隨隨便便地任意瞎說。當我對你說『我愛你』的時候，我知道這句話的意義，我準備一切。……現在，我只謝謝你給了我一個教訓，——和你說聲再會。」

「且慢，看上帝面上，娜泰雅，我懇求你。我不該受你的輕視，我向你發誓。試把你自己處在我的地位想一

想。我要對你和我自己負責任。假如我不以至忠誠的愛來愛你——天哪！我應該立刻便慫恿你和我逃走……遲早有一天你的母親會原諒我們——那時候……但是在為我自己的幸福打算之前……」

他住口了。娜泰雅的眼睛一直盯住他，使他迷亂了。

「你想對我證明你是正直的人，尼哥拉伊奇。」她說。「我並不懷疑。你行為的動機不會為了個人利益；但是我不需要證實這些，我不是為這些而來。」

「我沒料到，娜泰雅——」

「啊！你終於說出來了！是的，這些你都不曾料到——你不認識我。不要不安……你不愛我，我也不強迫我自己去愛任何人。」

「我愛你的！」羅亭大聲說。

娜泰雅伸直身子。

「也許是的；但是你怎樣愛我呢？我記得你所說的一切話，尼哥拉伊奇。你告訴我：『沒有完全平等便沒有愛。』……你之於我是太高超了，我配不上你，我罪有應得。你面前還有許多值得你去做的。我將不會忘記今天。……再會。」

「娜泰雅你要走？難道我們就像這樣地分手麼？」

他伸手向她。她站住了。他懇求的聲音使她猶豫了一會。

「不，」她終於說。「我覺得在我的心裡有什麼東西碎了。……我來這裡，我好像瘋狂似地和你說話；現在我

要把事情弄清楚。這是不可能的，你自己說過，這一定不可能的。天哪，我出來的時候，我心中暗暗已和我的家庭告別，和我的過去告別──為了什麼？我在這裡遇到了什麼？一位懦夫。……你怎樣知道我不能忍受和我的家庭斷絕呢？『你的母親將不答應，……這是糟透了！』這就是我從你的口裡所聽到的一切，這是真的你，你，羅亭？──不！再見……呵！假如你真愛我，我將會在『此刻』感到，在這一刻……不，再見！」

她很快地轉身向馬夏跑去，馬夏老早已開始不安起來，很早便在向她做手勢了。

「你才是懦夫，不是我！」羅亭在娜泰雅背後尖叫。

她沒有理他，穿過田野很快地跑回家去。她安全回到自己的臥室；但是一跨進門檻，便沒有了氣力，昏倒在馬夏的臂上。

但是羅亭仍舊在堤岸上站了好久。終於他從沉思中醒過來，以緩慢的腳步踏上那條小徑，靜靜地沿著它走。他是深深感到慚愧……「她是那一類女孩子？」他想，「只有十八歲！……不，我不了解她！……她是一個非凡的女孩子。何等強的意志！……她是對的！我對她所感到的愛配不上她，我感到些什麼？……」他自己問自己。「我幾乎感受不到愛了，這是可能的麼？那麼事情就這樣結束了！在她面前我是多麼可憐和渺小！」

一輛馬車輕微轔轔的聲音使羅亭抬起頭來。列茲堯夫趕著他快步走的馬迎面而來。羅亭默默地向他點一點頭，

然後好像突如來了一個念頭，他折向路一邊，急急地向密哈伊洛夫娜家的方向走去。

列茲堯夫讓他過去，望著他的背影，想了一想，撥轉馬頭，趕回服玲薩夫的家。他昨晚就在那裡過夜的。他見他還睡著，吩咐不要把他叫醒，自己坐在陽臺上一面等送茶來一面吸著菸斗。

10

服玲薩夫十點鐘起身。聽到列茲堯夫坐在陽臺上，他很驚訝，叫人把他請進房裡來。

「碰到什麼事情？」他問。「我想你是趕著車子回家去了。」

「是的，我本來要回去，但是我遇見羅亭……他一個人在田野中走過去，滿面愁容，所以立刻折回來了。」

「你只因為碰到羅亭所以便回來麼？」

「這就是說——說實在的，我自己也不知道為什麼跑回來，我想是因為想起你；我要和你在一起，在我需要回家之前我有很多的時候。」

服玲薩夫苦笑一下。

「是的；人們不能想起羅亭而不想到我……作作好人！」他大聲叫，「拿些茶來。」

兩位朋友開始喝茶。列茲堯夫想法找話說，他談農業上的事情，——一種蓋造穀倉屋頂的新材料……

突然服玲薩夫從椅子上跳起來，用力打著桌子，打得碟子杯子都琳琅響起來。

「不！」他喊道，「我不能再容忍了！我要和這位聰明人決鬥，讓他射殺我——或者我要試試送一顆子彈到他的有學問的腦袋裡去！」

「千萬不要，」列茲堯夫咕嚕道，「這樣的大叫？把我菸斗都弄掉了；什麼事啦！」

「什麼事，我聽到他的名字便要冒火；這使我的血液都沸騰了！」

「夠了，親愛的朋友，夠了，你不羞麼？」列茲堯夫回嘴，從地上拾起菸斗。「由他！讓他去罷！」

「他侮辱了我，」服玲薩夫在室內走來走去，繼續說：「是的，他侮辱了我。你也得承認。起先我沒有覺察到，他是出其不意來的，誰能夠料得到這種事？但是我要讓他看看他不能把我當作傻瓜……我要槍殺他，這該死的哲學家，好像槍殺一隻鷸鴣。」

「這樣有什麼上算，我不是為了你的姊姊才說你，……顯然你是瘋狂地愛上了她……你想你的姊姊怎麼辦呢！至於當事人——那位小姐！——你以為你把哲學家殺死了，你就能把事情弄好？」

服玲薩夫把身子倒在椅子上。

「那麼我必須到什麼地方去跑一趟！在這裡我的心簡直被苦痛壓毀了，我簡直坐也不是站也不是。」

「跑開去……這是另一回事！我倒贊成。你知道我還有什麼提議麼？讓我們一同去——到高加索，或者簡直就到烏克蘭去大吃餃子。這是頂好的念頭，親愛的朋友！」

「是的，但是誰留在這裡陪我的姊姊呢？」

「為什麼巴夫洛夫娜不可以和我們一同去？天哪！這將是愉快的。至於照料她——我來負責！一定不會缺少什麼；假如她高興的話，每天晚上我可以請人在她的窗口下面唱小夜曲；用花露水灑在馬車夫的背上，用花撒滿道

路。而你我都會完全返老還童，親愛的孩子；我們將娛樂自己，我們會吃得胖胖凸著大肚皮回來，那時候什麼愛情的冷箭都射不進了！」

「你真會說笑，密夏！」

「一點也不。這是你絕妙的念頭。」

「不，廢話！」服玲薩夫又喊起來。「我要和他決鬥，我要和他決鬥！……」

「又來了！你今天情緒那麼壞！」

一個僕人進來，手裡拿著一封信。

「誰寄來的？」列茲堯夫問。

「羅亭的僕人送來的。」

「羅亭？」服玲薩夫重說一句，「給誰？」

「先生，給你。」

「給我！……拿來。」

服玲薩夫拿了信，很快地扯開，開始看。列茲堯夫很注意地望著他，一種奇怪的，幾乎是快樂的驚訝浮上服玲薩夫的臉，他雙手一放，垂下來。

「什麼事？」列茲堯夫問。

「你看。」服玲薩夫低聲地說，把信遞給他。

列茲堯夫開始看。這就是羅亭所寫的：

先生——

今天我要離開密哈伊洛夫娜的家，永遠離開。這當然會使你驚奇，尤其是經過昨天的事情之後。我不能

向你解釋為什麼我必得要這樣做的真正原因；但是在我想來是有幾分理由應該讓你知道我的離開。你不歡喜我，甚至於把我當作壞人，我並不想替自己分辯；時間會替我分辯的。在我的想法，要向一個懷有成見的人證明他的成見不公允，在一個男人是不屑為而且是沒有用的。想要了解我的人會原諒我，不想了解我或不能了解我的，他的指責影響我。我看錯了你了。在我的眼裡你依然是和從前一樣的一位高貴可敬的人，但是我以為你也許會比你生長其間的環境高出一頭。我錯了。這是免不了的！這不是初次也不是最後一次。我再向你說一遍，我去了。我祝你快樂。請承認這祝賀是完全沒有自私的，我希望現在你能快樂。也許時間過後，你會把你對我的看法改變。我們是否會再相見，我不知道，但是不管怎麼我仍是你的忠實的尊敬你的。

羅亭

　又及，我欠你的兩百盧布，等我到了 T 省田莊的時候直接寄來還你。還有我請求你不要對密哈伊洛夫娜說起這封信。

　再又及，還有一個最後的，但是重要的要求：既然我要離開，我希望你在娜泰雅的面前不要提起我來拜訪過你的一回事。

「好啦！你怎麼說？」列茲堯夫看完信之後，服玲薩夫跟著便問。

「叫人怎麼說？」列茲堯夫回答，「像回教徒一樣喊『阿拉！阿拉！』（回教的『神』）張口結舌地驚奇地坐著，這便是所能做的一切……他離去了。好，願他此後一帆風順！但是，有趣的是，他認為這是他的『義務』要寫這封信來給你，他來看你也是為了『義務』……這些先生們每步都不忘『義務』，他們總是背負著什麼『義務』……和『債務』。」列茲堯夫說，帶著微笑指著信後的附言。

「他的詞句多麼婉轉！」服玲薩夫喊道，「他把我看錯了。他希望我能夠比我的環境高出一頭。一大堆夢話！天哪！這比詩還要壞！」

列茲堯夫沒有回答，但是他的眼睛在睥笑著。服玲薩夫站起來。

「我要到密哈伊洛夫娜的家去，」他說。「我要去找出這是什麼意思。」

「等一等，親愛的孩子，給他時間動身。又跑去和他衝突起來有什麼好處？他去隱沒起來了，你還要怎樣？還是進去躺一躺，稍微睡一睡的好；昨晚你大概輾轉反側了一整夜。但以後百事都一帆風順了。」

「你從何得到這結論？」

「哦，這事在我看來就是這樣。去睡一睡，我去看你的姊姊。我陪她坐一會。」

「我一點也不想睡。為什麼要我去睡，寧願外出到田野裡去。」服玲薩夫說，披上他的外衣。

「好，這也是很好的主意。去罷，看一看田野！……」

列茲堯夫自己跑到巴夫洛夫娜的房裡去。他在客室裡遇見她。她熱情地歡迎他。他來的時候她總是高興的；但是她的臉色有點憂愁。她為了昨天羅亭的拜訪感到不安。

「你是從我弟弟那裡過來麼？」她問列茲堯夫，「今天他怎樣？」

「很好，他到田野裡去了。」

巴夫洛夫娜一會沒有說話。

「請你告訴我，」她開始說，仔細地察看手帕的邊緣，「你知不知道為什麼……」

「為什麼羅亭到這裡來？」列茲堯夫接上去。「我知道，他是來道別的。」

巴夫洛夫娜抬起她的頭。

「什麼？來道別！」

「是的。你沒有聽到？他要離開密哈伊洛夫娜的家了。」

「他要離開？」

「永遠離開，至少他這樣說。」

「但是，請你說，這究竟？怎樣解釋……」

「哦，這是另一回事！要解釋是不可能的，但事情是這樣。他們中間一定有什麼事發生。他把弓弦拉得太緊，斷了。」

「密哈伊里奇！」巴夫洛夫娜說，「我一點也不懂，我看你在和我開玩笑，」

「上帝可以作證，我沒有開玩笑！我告訴你他走了，他寫信通知他的朋友。從某些觀點看來，這樣做並不壞。但是他離開，把我剛和你弟弟談起的一個驚人的計畫打消了。」

「你說的是什麼意思？什麼計畫？」

「我建議你弟弟，我們旅行去，散散心，你也要一道去。由我自己負責來照顧你！……」

「這是很好的主意！」巴夫洛夫娜大聲說。「我可以猜想到你怎樣來照顧我。你很可能會讓我餓死的。」

「你這樣說，巴夫洛夫娜，因為你不知道我。你想我是一個完全的笨伯，一個木頭人麼？但是你知不知道我也會像糖一般地融化了，跪在膝蓋上過一整天呢？」

「這我倒想看看！」

列茲堯夫突然站起來，「好，嫁給我，巴夫洛夫娜，你便可以看到了。」

巴夫洛夫娜面紅到耳朵根。

「你說什麼？密哈伊里奇？」她在昏亂中喃喃地說。

「我說這很久我就想說的，」列茲堯夫回答，「在我的舌尖上說了一千遍了。終於讓我說了出來，你現在認為該怎樣做最好，你便照你所想的做。現在我要跑開去這樣省得你為難。假如你願意作我的妻子……我到花園裡去……假使你並不反對，你只要叫人喊我進來；我便明白了……」

巴夫洛夫娜想把列茲堯夫留住，但是他很快地跑到花園去。帽子都沒有戴，他斜靠在一扇小門上，眼睛向遠處凝望。

　　「密哈伊里奇！」一位侍女在他後面叫他，「請你到我的太太那裡。她叫我來請你。」

　　密哈伊里奇回過頭來，出其不意地雙手捧住女孩子的臉，吻一下她的前額，於是跑到巴夫洛夫娜那裡去。

11

在碰見列茲堯夫之後，羅亭回家來——把自己關在房裡，寫了兩封信：一封給服玲薩夫（這信讀者們都看到了），另一封給娜泰雅。他在第二封信費了不少時間，塗了很多，又一再改寫，然後，仔仔細細地抄在一張薄薄的信紙上，摺得很小很小，把它放在衣袋裡。臉上帶著痛苦的樣子，他在房間裡來來往往走了好幾趟，坐在窗前的一張椅子上，把頭枕在手上；一滴眼淚從他的眼眶裡慢慢地淌出來。突然他站起來，把衣鈕扣好，喊僕人上來，叫他去問一問密哈伊洛夫娜，他能不能去看她。

僕人很快回來，回答說密哈伊洛夫娜請他去。羅亭便到她那裡去。

她在她書房裡接見他，正是兩個月以前，第一次接見他的地方。但是現在她不是一個人；柏達列夫斯基坐在她的旁邊，永遠是謙遜的，瀟灑的。

密哈伊洛夫娜很禮貌地接見羅亭，羅亭也很禮貌地向她行禮，但是只要看他們兩個人的笑臉，就是缺少經驗的人也看得出來他們中間是有什麼不愉快的事情發生過的，羅亭知道密哈伊洛夫娜在生他的氣。密哈伊洛夫娜猜想他現在一切都知道了。

柏達列夫斯基的報告使她非常苦惱。這一點觸犯了她上流社會的禁忌。羅亭，一個窮漢又沒有職位，也沒有什麼名望，竟敢妄想和她的女兒——密哈伊洛夫娜的女兒

——幽會。

「就算他是聰明人，是天才！」她說，「這算是什麼？要是這樣，那麼不論什麼人都可以妄想做我的女婿了。」

「我不相信我自己的眼睛，」柏達列夫斯基說，「我很驚奇他會不知道他自己的地位！」

密哈伊洛夫娜很激動，她的利嘴使娜泰雅吃了不少苦頭。

她請羅亭坐下。他坐下來，但是不像往日幾乎是屋子裡主人的羅亭，甚至於也不像一位好朋友，而是一位客人，一位並不親密的客人。這些都在一霎時間發生的。像水突然變成固體的冰那樣短暫。

「我來，密哈伊洛夫娜，」羅亭開始說，「是為了謝謝你款待的盛意。今天我接到從我的小小田莊來的通知，要我今天立刻到那裡去。」

密哈伊洛夫娜注意地望著羅亭。

「他先發制人；好，他已猜到我要他滾蛋，」她想。「他使我省掉討厭的解釋。再好也沒有。呵！聰明人萬歲！」

「真的？」她大聲地回答。「呵！多使人失望！好，我想這也沒有辦法。我希望今冬在莫斯科能看到你。我們不久便要離開這裡。」

「我不知道，密哈伊洛夫娜，我能不能到莫斯科去，但是，假如我做得到，我將視作一種應盡的義務來拜見

你。」

「啊哈，我的好先生！」柏達列夫斯基想：「不久之前你在這裡的作為像煞一個主人，現在看，你是在怎樣說話啊！」

「那麼我猜想也許你從你田莊得到了不滿意的消息？」帶著慣常吞吞吐吐的口吻。

「是的，」羅亭冷淡地回答。

「也許是收成不好麼？」

「不是，別的事。相信我，密哈伊洛夫娜，」羅亭繼續說，「我將永不忘記在你家裡所過的日子。」

「我，尼哥拉伊奇，也會時常快樂地回憶起我們的友誼。你什麼時候動身呢？」

「今天，晚飯後。」

「這樣匆促！好，我祝你一路平安。但是，如果你的事情不留住你太久，也許你還可以在這裡見到我們。」

「我將難得有時間，」羅亭回答，站起來。「原諒我，」他又說一句：「我欠你的錢沒有辦法現在還你，但是我一到家──」

「不要提，尼哥拉伊奇！」密哈伊洛夫娜打斷他的話。「你說這話不害羞！……現在幾點鐘了？」她問。

柏達列夫斯基從背心口袋裡掏出一只瓷面的金表，把紅潤的面頰壓在他堅挺的雪白的硬領，仔細地看了一下。

「兩點三十三分。」他說。

「是梳妝的時候。」密哈伊洛夫娜說。「再見，尼哥

拉伊奇！」

羅亭站起來。他和密哈伊洛夫娜談話是很特別的。像演員在背誦台詞，又好像外交官在會議場中舌劍唇槍，你來我往。

羅亭跑出去。他現在由經驗知道社交場中的人就是和對於他們沒有什麼用處了的人也不會扯破臉，叫他滾蛋，只是把他拋棄，好像跳舞會的手套，包糖果的紙片，沒中彩的獎券一樣扔掉。

他很快把行李收拾起來，不耐煩地等著動身的時刻。聽到他要離開，全家人個個都驚訝不已，連僕人們也迷惑地望著他，巴西斯它夫隱不住悲傷。娜泰雅明顯地在避開羅亭，她試想不去面對他。可是他終於把信送到她的手裡。晚餐後，密哈伊洛夫娜再說一遍希望在他們去莫斯科之前能夠再看到他，羅亭沒有回答。柏達列夫斯基對他比任何人都談得多。有好幾次羅亭真想要撲上去，在他紅潤康健的臉上打他一拳。彭果小姐不時用一種她眼睛裡奇特又狡猾的眼光偷偷瞄他一眼；在一隻聰明的老獵狗臉上有時可以看到這同樣的表情。

「嘻，嘻！」她好像對她自己在說，「真是活該！」

終於六點鐘響了，羅亭的車子到了門口。他開始和大家匆匆告別。他心裡覺得非常嫌惡。他不曾料到會這樣地離開這屋子，好像他們把他趕出去似的。「怎會弄到這個樣子！為什麼這樣匆匆忙忙？可是，」當他帶著勉強的笑向著各方打躬時他這樣想著。最後一次他望著娜泰雅，他

的心急跳起來；她的眼睛望著他，眼光是悲哀的，臨別責備。

他急速地走下石級，跳進車子裡。巴西斯它夫要求陪他到下一個驛站，他坐在他的身邊。

「你記得麼？」馬車從庭院中出到樅木夾道的大路上的時候，羅亭開始說，「你記得唐吉訶德離開公爵夫人的宮廷時對他的僕人怎樣說？『自由』，他說，『我的朋友桑佐，自由是人最寶貴的財產，能不仰賴別人而有上帝賜他一片麵包的人是幸福的！』唐吉訶德在那時所感到的，現在我也感到了……願上帝賜恩，我親愛的巴西斯它夫，你有一天也會體驗到這感覺！」

巴西斯它夫緊壓著羅亭的手，這位誠實年輕人的心強烈地跳動著。他們一路談著到了驛站，羅亭說起人的尊敬，真正的獨立自由的意義。他高尚地，熱情地，公正地說，在分手時，巴西斯它夫禁不住撲倒在他身上，挽住他的頭頸大哭起來，羅亭自己也落淚了，但是他並不是因為要離開巴西斯它夫而落淚。他的眼淚是為了自憐而流的。

娜泰雅回到她自己的房間，看羅亭的信。他寫：

> 親愛的娜泰雅，我決定離開了。更沒有別的路可走。我決定在未曾明明白白被趕走之前離開。我離開後，所有的誤會將會終結，也不會有人惋惜我的離去。我還等待什麼呢？……便是這樣，但是為什麼我要寫信給你？

我也許就此永遠地離開你，在你心上留下一個較我所應受的更惡劣的記憶，這於我是太痛苦了。這就是我為什麼要寫信給你的原因。我並不想替自己分辯，也不想除了自己之外埋怨任何別人；我只想，在可能範圍內，解釋我自己……前幾天的事情是這樣出乎意料之外，這樣突然……

我們今天的會晤對我是一課不忘的教訓。是的，你是對的；我並沒有了解你，而自以為是了解你！在我的一生中我曾經遇見各色各樣的人。我認識許多婦人，許多年輕的女孩子，但是在你的身上，我初次遇到一個絕對真實的，正直的人。這是我不常見的事，所以我不知道怎樣才恰到好處來尊重你。第一天和你認識，我便被你吸引了；你也會覺察到的。我和你一起過了一個鐘頭又是一個鐘頭，而不了解你；甚至於不想來了解你──而我竟以為我愛你！為了這罪孽，我現在是受罰了。

曾有一次我愛上了一個女人，她也愛我。我對她的感情是錯綜複雜的，和她對我的一樣；但是，因為她自己也不單純，這於她倒好些。在那時候，「真實」不曾顯示給我，現在「真實」呈獻在我的面前，我還是不認識它了。……到了我終於認識它的時候，已是太遲了。……過去的事是不能召回的。……我們本有可能結合，而現在將永遠沒有希望。我怎樣向你證明我能夠用真的愛──衷心的愛而不是一時的幻想──

來愛你的呢？因為我自己還不知道我能不能這樣真心去愛？

自然賦予我的很多。我知道，我不欲以虛偽的謙遜，來裝作沒有，尤其在我是這樣難堪這樣屈辱的時候……是的，自然賦予我很多，但是我將庸庸碌碌而死，不會完成一件我能力能做的事，在身後也不會有任何好事留下來。我的所有的富藏將落空耗散，我不會看到我所播的種子開花結果。我說不出我是缺少了什麼，沒有這便不能打動人們的心，或者贏得女人的愛；人們的思想是浮移難定的，奇怪的，幾乎滑稽的是我的命運；我想獻出我自己——切望地，整個地，——而我做不到。我將為了什麼連我自己都不大相信的傻事把自己犧牲作為了結……可憐？到了三十五歲要作某種的準備……

我從來不曾對什麼人這樣赤裸裸地披露過自己——這是我的招供。

但是我說自己說得夠了。我將要說起你，貢獻你一些意見；別的不會這我最拿手……你年輕，但是盡你的一生，要順隨你感情的衝動，不要受你的理智或別人的理智左右。相信我，生活過得愈簡單，範圍愈狹愈好；不要老是喜新厭舊去找生活上新發展，只要順其自然，改變自會適時到來。「在青年時年輕的人有福了。」但是我看這個勸告應用到我自己身上比你倒更恰當些。

我承認，娜泰雅，我是很沮喪。對於我在密哈伊洛夫娜心中所引起的感情的本質，我從來不信我的觀察會有錯誤；我是希望我至少找到了一個暫時的家。現在我又要在這世界上到處流浪了。我能找到些什麼來代替你的談話，你的陪伴，你全神貫注的目光？……我自己才該責備，但是你會同意命運是故意作弄我們。一星期前我自己一點也沒有疑心到我愛你。前天晚上，在花園裡，我第一次聽到你說，……但是為什麼要使你記起你那時所說的話？既然我今天要走了。我忍辱地走開，在和你那次殘酷的晤談後，沒有帶著任何希望離去……你不知道在你面前我負疚是如何地深，……我是這樣愚昧坦白喜歡對人吐露一切。但是為何要說這話，我既然要永遠離開！

（寫到這裡，羅亭把他去會見服玲薩夫的事告訴娜泰雅，但是想一想又把這段都擦掉，在給服玲薩夫的信上添了第二個附註。）

世上只有我留著要獻身於更適合我的事業，像你今天早晨尖刻地笑著向我說的。可憐！……如果我真的能為這些事業獻身，而終於能克服我的冷漠。但是不！我將到底仍然是一個和從前一樣充滿缺陷的人……一遇到阻礙我便會完全放棄；我和你兩人間的經過便證明我是這樣沒出息。假如我是為了將來的事業和

我的使命犧牲愛情，那也聊可自慰；而我卻只是為了
落在我身上的責任，畏難膽怯，所以我是真的配不上
你。我不配受你為了我和你的家庭斷絕……這一切，
也許是最好的收場。從這次經驗，我也許會變得更堅
強些更純潔些。

　　願一切幸福歸你。再會！偶爾想到我罷。我希望你
會再聽到我的消息。

羅亭

　　娜泰雅讓這信掉在膝上，坐著很久不動，眼睛望著地
面。這封信比什麼話都清楚，證明她的話是對的。當今天
早晨和羅亭分別的時候，她不由自主地喊出來「他是不愛
她的」，但這並不會使她覺得安慰些。她完全不動地坐
著，好像黑暗的波濤無聲無息地湧向她，漸漸沉下去。慢
慢冰冷靜寂。初次遇到幻象消失對於任何人都是不愉快
的；但是對於一個誠實的心，不願自欺的，沒有輕佻和誇
大的心，這幾乎是難堪了。娜泰雅記起她的兒時，當她在
傍晚散步的時候，她總是朝落日的方向走去，那邊的天空
有著光明；而不走向另一半黑暗的天空，現在，生命的黑
暗正在面前，她把背朝向著光明了，……

　　眼淚從娜泰雅的眼睛湧出。眼淚不是時常帶來安慰
的。當眼淚在胸中聚集之後，終於流了出來，開始是急驟
地，然後比較容易地，更柔和地，這種眼淚是能安慰的，
……但是有一種冷的眼淚，很吝惜地流出來的眼淚，那是

排不掉的。沉重悲痛從心頭絞出來的一滴一滴的眼淚，它們不會安慰，不會消愁。可憐人便流這種眼淚，沒有流過這種眼淚的人們還不能算是不幸的。娜泰雅今天嘗到滋味了。

兩個鐘頭過去。娜泰雅重新打起精神，站起來，拭乾眼淚，點一枝蠟燭，把羅亭的信燒掉，將紙灰拋出窗外。於是她隨手翻開普希金的詩，讀著最初入眼的幾行（她時常這樣來占卜休咎的），這就是她所看到的：

> 當他認識了他的痛苦，
> 舊日纏人的鬼魂，
> 於他將不再有神魂顛倒，僅有悔恨，
> 與記憶的蛇嚙著他的心。

她靜靜地站了一會，帶著冷冷的微笑，在鏡子裡望一望自己，微微點一點頭，便下樓到客廳去。

密哈伊洛夫娜看到她，叫她到書房裡去，叫她坐在身邊，摸摸她的面頰。同時注意地，幾乎是帶著好奇地，望著她的眼睛。密哈伊洛夫娜暗暗地困惱了，第一次她覺到她真的完全不了解的女兒。當她從柏達列夫斯基口裡聽到她和羅亭幽會的時候，以她有見識的女兒竟會做出這樣的事，她倒不見得怎樣惱火而是感到驚奇。但是當她將她喊來，開始責罵她——並不像我們所料想的一個歐洲有教養貴婦人的溫柔的口氣，而是一種沙聲的粗野的辱罵——

的時候，娜泰雅堅決的回答，和她的眼光以及動作所表示的決心，使她惘然不知所措而甚至於感到害怕。

羅亭的突然並不完全能理解的離開使她心頭卸去重負，但是她希望看到眼淚，精神失常大哭大鬧……娜泰雅表面的鎮靜卻使她不安。

「好，女兒，」密哈伊洛夫娜說，「今天你好麼？」娜泰雅望著她的母親。「他去了，……你的情人。你知道不知道他為什麼這樣快地決定離開？」

「媽媽！」娜泰雅低聲地說，「我保證如果你不提起他，你永遠也不會從我的口裡聽到他的名字。」

「那麼你承認你是怎樣錯怪了我？」

娜泰雅低頭再說一遍：

「你永遠也不會從我口裡聽到他的名字。」

「好，好，」密哈伊洛夫娜微笑地回答。「我相信你。但是前天，你記得，怎樣地──不，不說了。一切都過去了埋葬了，對嗎？現在我又認識你了；但是在那時候我完全不能解開迷惑；好，吻我，像一個乖女兒！」

娜泰雅把密哈伊洛夫娜的手拿到唇邊，密哈伊洛夫娜吻著她的低垂的前額。

「要常常聽我的話。不要忘記你姓拉蘇斯基，是我的女兒，」她又說，「你會快樂。現在你去好了。」

娜泰雅默默地跑開。密哈伊洛夫娜望著她的背影，想：「她像我──她也會被感情帶走的；但是她比較不放縱。」於是密哈伊洛夫娜想起了她的過去……遠久的過

去。

於是她請彭果小姐來，和她密談了好久。當她離去後，又叫了柏達列夫斯基來。她急著要知道羅亭離開的真正原因……柏達列夫斯基終於完全滿足了她。這便是他的用處。

第二天服玲薩夫和他的姊姊來吃晚飯。密哈伊洛夫娜對他總是很禮貌的，但是這一次特別熱烈地歡迎他。娜泰雅覺得難堪的悲痛；但是服玲薩夫是這樣有禮貌地對她，那樣低聲下氣地向她說話，使她心中不得不感激他。那一天過得很平靜，非常單調，但是在分手的時候大家都覺得他們回復了原來的樣子；這便是說很好，夠好了。

是的，大家都回復到原來的樣子——大家，除了娜泰雅。最後她獨自一個人的時候，她勉強慢慢走到床上，筋疲力盡心也碎了，倒下來，臉埋在枕頭裡。她感到再活下去是這樣地苦痛，這樣地可憎，這樣地無味，她的愛，和她的不幸，她都感到可恥，在這個時候她可能真想死掉算了。……以後還有許多困難的日子，無眠的夜，和感情的折磨在等著她呢！可是她還年輕——生命在她是剛開始，遲早生命的創傷自會平復的。不管是何種打擊落在一個人的身上，他一定——恕用一句粗魯的說法——他當天要嚥下去一口，第二天更多些，這樣他會慢慢安慰自己。

娜泰雅忍受痛苦，她第一次受苦………但是第一次痛苦，一如第一次戀愛，不會再來一次的——謝謝上帝！

12

　　兩年過去。又是五月初旬。巴夫洛夫娜，不再姓李蘋而是姓列茲堯夫了，坐在她家的陽臺上；她和密哈伊里奇結婚已經一年多。她依然是這樣漂亮可愛，近來只是有點發胖。在陽臺的下面，有一道梯級通到花園裡去，一個保姆在散步，手裡抱著一個兩頰紅潤的嬰孩，披著白斗篷，頭上戴著有白絨球的小帽。巴夫洛夫娜眼睛不停地望著他。孩子沒有哭，只是很莊嚴地吮著指頭，靜靜望望四周。他已顯示出他是密哈伊里奇的寶貝兒子了。

　　在陽臺上，靠近巴夫洛夫娜，坐著我們的老朋友畢加梭夫。自從我們上次見過他後，他明顯地長得蒼老了，身子佝僂瘦削，說話帶有點吹口哨的聲音；他的一個門牙掉了；這點吹口哨的聲音更增加了他話裡的刻薄……他的怨氣並不曾隨年齡減少，但是他的詼諧比較不生動，他時常自己重複自己的話。密哈伊里奇不在家，他們在等他回來喝茶。太陽已經沉下去了。日落的天邊，一道金黃色和檸檬色的餘暉延展在地平線上；對面的天空，上邊是淺灰色的，下面是紫紅色的幾條光彩。浮雲在頭上漸漸消散。一切都預示著好天氣。

　　突然，畢加梭夫迸出笑聲來。

　　「笑什麼，阿菲利加‧塞美尼奇？」巴夫洛夫娜問。

　　「昨天我聽到一個農夫對他的妻子說——她正在喋喋不休——『不要咯咯叫！』我非常歡喜這句話『不要咯咯

叫！」事實上，女人能談點什麼呢？你不知道，我從來不是指眼前和我在一起的人。我們的祖先比我們聰明得多。他們的故事裡的美人總是坐在窗前，額角上飾著一顆星星，一句話也不說的。真應該如此。但現在，你想想看！前幾天，我們的鄉長夫人——她是貴族——對我說她不歡喜我的『偏見』！她這話直射向我的額頭，好像她在用手槍射擊。『偏見』！真的如果有什麼仁慈的自然力量使她的舌頭突然失靈，這對她和我們不是更好麼？」

「哦，你老是這樣，塞美尼奇，你老是攻擊我們可憐的女人；你知道這是大大不幸嗎？真的，我替你可惜。」

「大大不幸！為什麼你這樣說？第一，我認為，世上只有三種不幸，冬天住冷寓所，夏天穿緊靴子，和在有小孩子叫哭聲的房間中睡覺；第二點，我現在是最安靜的人。你可以把我看作標準人物！我是多麼規規矩矩！」

「好一個正人君子！真的！只是昨天伊里娜・安它諾夫娜對我訴苦。」

「她對你說些什麼？」

「她告訴我說你一整個早晨都不回答她的問話，只是『什麼？』『什麼？』老是同樣的『口哨』聲！」

畢加梭夫大笑。

「你同意，巴夫洛夫娜這主意不壞吧？」

「好極啦，你怎可以這樣粗魯對待女人，塞美尼奇？」

「什麼！你把伊里娜・安它諾夫娜看作女人？」

「那麼你把她看作什麼？」

「一只大鼓，一只普通拿槌子來打的鼓。」

「哦，」巴夫洛夫娜想把話題改變，「他們告訴我應該慶賀你。」

「賀什麼？」

「你的訴訟結束了。格林諾夫斯奇牧場是你的。」

「是的，是我的，」畢加梭夫黯然地說。

「好多年來你想得到它，而現在你好像不滿意。」

「我告訴你，巴夫洛夫娜，」畢加梭夫慢慢地說，「沒有比來得太遲的幸運更壞更傷人了。它不能使你快樂，而把你寶貴的權利——咒天罵地的權利——褫奪了。是的，親愛的夫人，這一杯苦酒——遲來的幸福。」

巴夫洛夫娜只聳聳肩膀。

「保姆，」她說，「我想這是密夏睡覺的時候了。把他給我。」

巴夫洛夫娜忙著料理孩子的時候，畢加梭夫喃喃抱怨走到陽臺的另一角上。

突然間，在不遠沿著園子的大路上，密哈伊里奇趕著他的跑車出現了。兩隻大守望狗跑在馬的前面，一隻黃的，一隻灰的。這兩條都是新買來的狗。牠們不停地互咬著，是分不開的伴侶。一隻老獵犬從門裡跑出來迎接他們。牠把口一張，好像要吠的樣子，但結果是打了一個呵欠。走回來，親暱地搖著尾巴。

「看，莎夏，」列茲堯夫老遠便對他的妻子大叫，「看我把誰帶來見你了。」

巴夫洛夫娜一時認不出坐在她丈夫背後的人。

「啊！巴西斯它夫先生！」她終於喊了出來。

「是他，」列茲堯夫回答：「他帶了這樣好的消息來。等一會，你立刻便會知道。」

他把馬車趕進院子裡。

幾分鐘之後，他和巴西斯它夫一道跑到陽臺上來。

「哈哈啦！」他喊道，吻他的妻子，「塞萊夏要結婚了。」

「和誰？」巴夫洛夫娜問，很激動地。

「和娜泰雅，當然。我們的朋友從莫斯科帶來消息，這是給你的一封信。」

「你聽到麼，密夏，」他把兒子抱在手裡，繼續說，「你的舅舅要結婚？多冷淡的小傢伙！一點表示都沒有，只是閃閃眼！」

「他要睡了，」保姆說。

「是的，」巴西斯它夫說，走到巴夫洛夫娜面前，「我今天從莫斯科來，替密哈伊洛夫娜料理一點事──審核一下田莊的帳目。這是他的信。」

巴夫洛夫娜急急地拆開她弟弟的信。裡面只有很少的幾行字。在初度的狂喜中他告訴他的姊姊說他向娜泰雅求婚了，得到她和密哈伊洛夫娜的同意；他答應在下一次信裡多寫一些，並向各人遙寄他的問候和吻。顯然，他是在狂喜狀態中寫這信的。

茶端上來，他們請巴西斯它夫一起喝。問題急雨般落

在他身上。每個人，連畢加梭夫在內，聽到他帶來的消息都很高興。

「請告訴我，」在許多問題中列茲堯夫說：「謠傳說是有一位某某珂爾查瑾先生。這是完全無稽的罷？」

（珂爾查瑾是一位美少年，社交場合的獅子，非常自負而驕傲的；他常常裝成非常尊嚴的樣子，好像他不是活著的人，但是他的雕像是由群眾集資豎立起來的。）

「不，不是完全無稽，」巴西斯它夫笑著回答：「密哈伊洛夫娜很歡喜他；但是娜泰雅聽都不願聽到他的名字。」

「是的，我想我認識他，」畢加梭夫插嘴說：「他是雙料的白癡，愛喧鬧的白癡，我的老天！如果人們都像他那樣，要想人願意活在這世界上就非需要大批的錢去勸勸他不可。」

「也許是的！」巴西斯它夫回答：「但是他在社會上占有重要的地位。」

「好，不管怎樣！」巴夫洛夫娜喊道。「不要再提他了！啊，我多麼地替我的弟弟高興！娜泰雅呢，她高興麼？她快樂麼？」

「是的。她是像往常一樣安安靜靜。你知道她——但是她看起來好像也很滿意。」

黃昏在愉快活潑的談話中過去了。他們坐下來吃晚飯。

「哦，」列茲堯夫問巴西斯它夫，替他倒了一杯紅葡

萄酒，「你知道羅亭在什麼地方嗎？」

「現在我不確實知道他在那裡。去年冬天他在莫斯科住了一個短時期，後來隨同一個家庭到辛比爾斯克去。我和他通過一時期的信；在他最後的信裡說他要離開辛比爾斯克了——他沒有說到什麼地方去——以後我就沒有再聽到他的消息。」

「他不會失去蹤跡的！」畢加梭夫插嘴說。「他一定是在什麼地方在說教。這位先生到處總會找到兩三個門徒張口聽著他的話，借錢給他。你等著瞧他在那無人知的遼遠的一角，死在一位帶假髮老婦人的臂上，而她相信他是世界上最偉大的天才。」

「你說他說得很苛刻，」巴西斯它夫不高興地輕聲說。

「一點也不苛刻，」畢加梭夫回答：「而是十分公允。我認為，他只不過是一條寄生蟲。我忘了告訴你，」他轉朝著列茲堯夫繼續說，「我認識一位岱爾拉霍夫，羅亭在外國和他一起旅行過。啊！我的老天！他告訴我羅亭的事，你們想不到——說起來令人叫絕！這倒是可注意的事實，所有羅亭的朋友和敬慕者遲早都會成了他的敵人。」

「我請求你不要把我包括在這些朋友裡面！」巴西斯它夫熱情地插嘴說。

「哦，你——這是另一回事！我並不說你。」

「岱爾拉霍夫告訴你一些什麼？」巴夫洛夫娜問。

　　「他告訴我很多，我不完全記得。但是其中最有趣的是羅亭的一段軼事。當他不住地發展著（別人只是吃和睡；這些先生們總是在發展的；他們是在發展中一面吃和睡，對麼，巴西斯它夫先生？）……」（巴西斯它夫沒有回答。）「總之，當他繼續地在發展，羅亭得了一個結論，根據著他的哲理，說是他應當戀愛了。他開始尋找一個配得上他的可驚的結論的愛人。幸運笑臨著他。他認識了一位很美麗的法國女裁縫。這整個故事都發生在萊茵河畔的一個德國小城中。他開始跑去看她，拿各種各樣的書給她，和她談論自然和黑格爾。你猜這位女裁縫心裡怎麼想？她把他當作一個天文學家。不管怎樣，你知道他的樣子生得不壞——而且是一位外國人，一位俄國人，當然——他得到她的喜愛了。終於他請她去幽會，一個饒有詩意的幽會，在河上的小船裡。這法國女孩子答應了；打扮得漂漂亮亮的，和他一起乘船去。他們一起過了兩個鐘頭。你想他在這全部時間內幹什麼？他拍拍女裁縫的頭，好像想什麼似地望著天，三番兩次說他對她感到像父親般的溫愛。這法國女孩氣得發昏回到家中，後來她自己把這個故事告訴岱爾拉霍夫！他便是這樣的一位紳士！」

　　畢加梭夫高聲大笑。

　　「你這老恨世的人！」巴夫洛夫娜帶著煩厭的語調說，「但是我益發相信就是攻擊羅亭的人們也找不出他的什麼壞處。」

　　「沒有壞處？我敢擔保！他的永久靠別人生活，他的

借錢⋯⋯密哈伊里奇，他也向你借過錢罷，有沒有？」

「聽著，塞美尼奇！」列茲堯夫說，臉上擺出嚴重正經的表情，「聽著，你知道，我的妻子也知道，上次羅亭在這裡的時候，我並不覺得對他有什麼特別的好感情，甚至時常責備他。不管這一些，（列茲堯夫把各人的杯子都斟滿了酒）這就是我現在想要向你們提議的，剛才我們曾經為我們兄弟和他的未來新夫人的健康而乾杯，現在我提議我們飲一杯祝羅亭健康！」

巴夫洛夫娜和畢加梭夫，驚奇地望著列茲堯夫，但是巴西斯它夫笑著，眼睛張得很大，快樂得渾身都震顫起來，臉也紅了。

「我很了解他，」列茲堯夫繼續說，「我太知道他的缺點了。這些缺點因為他不是一個淺薄的人，所以更顯而易見。」

「羅亭是天才！」巴西斯它夫大聲說。

「天才，很對，他是有的！」列茲堯夫回答，「但是至於男人氣概⋯⋯這正是他的不幸，他沒有男人氣概⋯⋯但問題要點不在這裡。我想說他的好的難得的地方是什麼。他有熱情；請相信我──我是一個夠冷淡的人──這是我們的時代最可貴的性質。我們大家都變成難堪的有理智，冷淡，而懶惰了；我們是睡著的，冷酷的，誰能夠喊醒我們溫暖我們就算是短短的一會兒，我們也該感謝他！這是該醒來的時候。你記得麼？莎夏，有一次我和你談起他，我責備他的冷酷。我的話是對的，同時也是錯了。冷

酷是在他的血液裡面——這不是他的錯處——並不在他的頭腦裡。他不是一個演員，如我所稱呼他的，不是欺詐者，也不是一個無賴；是的，他靠別人生活，但不是像騙子，而是像小孩；無疑地他將會在什麼地方因窮困貧乏而死去，但是我們能因此對他下井投石麼？他自己永遠不能幹出什麼事業，就是因為他沒有生機蓬勃的男人氣概，沒有種；但是誰有權利說他是毫無貢獻？他的話不曾在青年們——大自然沒有拒絕（如對羅亭那樣）賦予他們以行動的力量，和實現他們理想的才能——的心中播下良好的種子？真的，我自己，第一個，從他那裡得來不少……莎夏知道羅亭在我的年輕時代所予我的影響。我也曾堅持說，羅亭的話不能對『人』發生什麼影響；但是我是指像我自己那樣的『成人』，像我這般年紀，已經生活過的和受過生活的磨練的『成人』。在人的言談中有一個錯誤的音符，整個的和諧便毀壞了；但是青年人的耳朵，很僥倖地，沒有這樣靈敏，沒有這樣熟練。如果他覺得他所聽到的東西好聽，他還管什麼聲調！聲調他們自己會去尋找！」

「好極！好極！」巴西斯它夫喊道，「這說得對極了！至於說到羅亭給別人的影響，我向你們發誓，這個人不但知道怎樣來打動你，他還要你站起來開步走，不讓你安靜，他把一切攪擾到天翻地覆，把你燃燒起來！」

「你聽見麼？」列茲堯夫望著畢加梭夫繼續說，「你還要什麼更進一步的證明？你攻擊哲學；談談哲學罷，你

也不能找出輕蔑哲學的理由。我自己對它不曾專心研究，我知道得很少；但是我們主要的不幸並不由於哲學！俄國人從來不會受到哲學的剖微析縷的議論和無意義的空談影響；他們的常識太豐富了；但是我們不應該讓追求智識和真理的努力在哲學的名義下受到攻擊。羅亭的不幸就是他不了解俄羅斯，這當然是大大的不幸。俄羅斯可以沒有我們中任何人，但是我們不能沒有俄羅斯！誰認為可以沒有俄羅斯的人該咒，誰真的不要俄羅斯的雙倍該咒！世界主義是無聊的想法，世界主義者是不足取的人，甚至更糟。沒有國家民族便沒有藝術沒有真理也沒有生命什麼都沒有。你不能有一個沒有個性表現的理想的臉；只有平凡粗俗的臉才沒有個性。但是我再說一遍，這不是羅亭的錯誤；這是他的命運——一個殘酷而不幸的命運——對這我們不能責備他。假如我們要追尋為什麼羅亭這樣的人能在我們中間出現的原因，這追得太遠了。但是他身上的優點，讓我們感謝他罷。這樣比不公平對他總要容易些，而我們曾經是對他不公平的。去責備他不是我們的事，也不需要；他自己已經遠過於他所應受的更殘酷地責備過自己了。願上帝能借顛沛流離的不幸把他身上的壞處抹消，而只留下優美的！我為羅亭的健康乾杯！我為我最美好的年輕時代的老友，為我們的青春，和那時的希望，努力，信仰，真純，以及二十歲時我們的心為之鼓動的一切；我們所知道，我們將要知道的，一生中沒有什麼比這更可貴……我為這黃金時代──為羅亭的健康乾杯！」

　　大家和列茲堯夫碰杯。巴西斯它夫，在熱狂中，幾乎把杯子碰碎了，一口飲乾。巴夫洛夫娜握住列茲堯夫的手。

　　「密哈伊里奇，我想不到你是一個演說家，」畢加梭夫說；「你的口才可以媲美羅亭先生；連我也感動了。」

　　「我並不是演說家，」列茲堯夫回答，有幾分討厭，「但是要感動你，我想是很難的。說羅亭說夠了；讓我們談別的事罷！那位——叫什麼名字——柏達列夫斯基？他還住在密哈伊洛夫娜家裡？」他轉向巴西斯它夫問。

　　「哦，是的，他仍在那裡。她替他找到一個很好的位置。」

　　列茲堯夫笑了。

　　「這就是一個不會窮困而死的人，可以擔保。」

　　吃過晚飯。客人們都散去了。當巴夫洛夫娜和她丈夫獨自個在一起的時候，她微笑地望著他的臉。

　　「今晚你表演得多漂亮，密夏，」她說，撫著他的頭，「你說得多神氣多高貴！但是你要承認，你把羅亭過獎了一點，正如你往日過分地責備他一樣。」

　　「我不能讓他們去攻擊一個倒下去了的人。在以前，我怕他會把你弄得神魂顛倒。」

　　「不，」巴夫洛夫娜率直地說，「他在我看來總是學問太高深。我怕他，在他的面前我從來不知道怎樣說話。但是今晚畢加梭夫對他的嘲笑不是太惡毒了一點麼？」

　　「畢加梭夫？」列茲堯夫回答。「這就是我為什麼要

這樣熱烈地袒護羅亭的理由，因為畢加梭夫在這裡。他膽敢叫羅亭寄生蟲，我認為他所扮演的角色──我指畢加梭夫──是更壞一百倍！他有足夠的收入，而他從不說任何人一句好話，再看他怎樣對有錢的和有地位的人阿諛逢迎。你知道麼，這位畢加梭夫，對任何人都藐視，任何事都辱罵，攻擊哲學和女人，你知不知道他在政府機關做事的時候，便曾收受賄賂，而且數目不小！啊，想想看他是怎樣一個人！」

「這是可能的麼？」巴夫洛夫娜大聲說，「我從來不曾想到這層，密夏，」她停了一停又說，「我要問你──」

「什麼？」

「你想，我弟弟和娜泰雅一起會幸福麼？」

「我該怎樣說？從各方面種種看來，這是很可能的。她會是一家之主……在我們中間是沒有理由掩飾這事實的……她比他能幹；但是他是一等的好人，整個靈魂都愛著她。你還要什麼呢？你看我和你，我們是相愛而幸福的，不是麼？」

巴夫洛夫娜微笑著壓緊他的手。

同一天，就是剛才敘述在巴夫洛夫娜家中經過那許多事情的一天，在俄羅斯僻遠的一個省份，一輛破爛的有篷小馬車，由三隻耕地馬拖著，在熬灼的炎熱底下慢慢地沿大路前進。車的前座踞坐著一個頭髮斑白的農人，穿著襤褸的外衣，兩隻腳斜掛在車軸上；他不住地抖動著韁繩──揮著鞭子。車裡面，一位高大的男子坐在行李上面，戴一

頂便帽，穿一件舊外衣。這就是羅亭。他坐著，低頭，帽舌拉到眼際。車子震動把他拋到這邊又那邊；但是他好像一點也沒有覺得，恍如睡著了一樣。終於他伸直身子。

「我們什麼時候才到驛站？」他問坐在前面的農人。

「過了山便是，先生，」農人說，更強烈地抖動韁繩。「不到一英里，……留神呵！我來教訓你，」他以尖銳的聲音加上一句，打右邊的一隻黑馬一鞭。

「你好像不會趕車，」羅亭說：「我們一清早便上路了，而我們還沒到那裡。你唱點什麼歌兒聽聽罷。」

「有什麼辦法，先生？你自己可以看到，馬匹是太疲乏了，……又是大熱天；而我不會唱。我不是馬車夫……喂，你這頭小羊子！」農人突然朝著一個迎面走來的穿著棕褐色的外衣和後跟都踏平了的皮鞋的人喊道。「讓開！」

「好一個趕車的！」那人在他的後面喃喃地說，站著不動。「你這壞蛋的莫斯科佬，」帶著十分輕蔑的聲音說，搖搖頭，一拐一拐地走開了。

「你跑到那裡去？」農人不時地叱著，攏一攏領隊的馬。「啊！你這狡猾的傢伙！走啊！」

疲乏了的馬匹終於一步一步地捱到了驛車站。羅亭從馬車裡爬出來，付了錢（農人沒有向他鞠躬道謝，把錢留在手掌中搖了好久——顯然小費是太少了），他自己提著行李走進驛站。

一位當時在俄國常常到處旅行的朋友告訴我說，如果驛站牆壁上掛著《高加索的囚犯》（普希金作長詩）的幾

幅插畫，或者是俄羅斯將軍們的肖像畫的，你很容易會得到馬匹；但是假如圖畫中畫的是著名賭棍喬治‧達‧日耳曼的生活的，旅客用不著希望很快地離開了；他儘有時間去細細覽賞鸚尾式的頭髮，白的開襟背心，以及這位賭棍年輕時候穿的非常短而窄的褲子，和他老年時候在一間屋頂窄斜的草屋中，拿起椅子打死他兒子的怒沖沖的面部表情。羅亭走進去的屋子恰正是掛著《人生三十年》（又名賭徒生活）的圖畫的。應了他的喊聲，站長跑出來了，他是剛睡醒起來的，（附帶說一句，曾有人看到不瞌睡的站長麼？）不待羅亭動問，便用帶睡的聲音告訴他說沒有馬匹。

「你怎麼可以說是沒有馬匹呢？」羅亭說，「連我要到什麼地方去你都還不知道？我是趕著農人的耕田馬來的。」

「不論到什麼地方我們都沒有馬匹，」站長回答。「但是你要到那裡去？」

「到 S ──」

「我們沒有馬匹。」站長再說一遍，跑開去了。

羅亭有點著惱地跑到窗邊，把帽子拋在桌上。他改變得不很多，但是兩年來他面色蒼黃了些；銀絲這邊一根那邊一根地顯露在他的鬢髮上了，他的眼睛，依然漂亮的，好像沒有以前光彩了，細細的皺紋，辛苦和勞思的痕跡，已經刻上了他的嘴唇和前額。他的衣服舊損而破爛，看不到有穿白襯衫。他光輝燦爛的日子是明顯地過去了；正如

園丁所說，他已成為廢料。

他開始讀著牆壁上的文字——這是無聊旅客通常的消遣；突然門唧唧地響了，站長跑進來。

「沒有馬匹到 S ——去，很久都不會有，」他說，「但是此地有幾位準備到 V ——去。」

「到 V ——？」羅亭說。「什麼，這完全不在我的路線上。我要到彭柴去，V ——是坐落在，我想，到泰卜夫去的方向上。」

「這有什麼關係？你可以從泰卜夫到那裡去，或者再從 V 轉向。」

羅亭想了一會。

「啊，只好這樣，」他終於說，「告訴他們把馬配起來。沒有關係；我就到泰卜夫去好了。」

馬匹不久便駕好了。羅亭拿了自己的行李，爬上車子，坐下來，和先前一樣低垂下頭打瞌睡。在他低俯著的姿態上有一點無依無靠可憐的恭順的神情……在單調的鈴聲中三匹馬以慢慢的腳步動身跑了。

尾聲

過了幾年。

秋涼的一天。一輛旅行馬車跑上 S ——城的頭等旅館的門口；一位紳士打著呵欠伸著懶腰從車裡跑出來。他年紀並不老，但是身段已經長得令人望而生敬的魁梧。他走上扶梯到了二樓，在寬闊的走廊的入口站住。看見沒有人在，便高聲地喊說要一個房間。什麼地方門響了，一個高大的侍者從低矮的幕後閃出，側著身子急步地跑上前來，背後有光澤的大衣，捲起的衣袖，在半暗的走廊中隱現著。旅客走進房間之後，立刻便拋去肩巾和外衣，坐在沙發上，兩手握拳拄在膝頭，好像剛睡醒似地先向四周瞥了一眼，然後吩咐把僕人喊上來。旅館侍者一鞠躬便不見了。這位旅客並非別人，就是列茲堯夫。他從鄉間到 S ——來，為了徵兵的事情。

列茲堯夫的僕人，一個鬈頭髮，兩頰緋紅的青年，穿一件鼠灰色的外衣，腰上束著藍帶，著一雙軟氈鞋，跑進房裡來。

「好了，孩子，我們終於來到了，」列茲堯夫說，「你還時時刻刻怕車輪子掉下來哩。」

「是的，我們到了，」僕人回答，在外衣的高領子上試想笑一笑，「為什麼輪子不掉下來，因為——」

「這裡有人麼？」走廊上一個人的聲音。

列茲堯夫嚇了一跳，聽著。

「喂？有人麼？」又喊了一聲。

列茲堯夫站起來，走到門邊，很快地打開門。

在他的前面站著一個高大的，佝僂的，頭髮幾乎完全灰白了的男人，穿了一件綴有青銅鈕釦的絨外套。

「羅亭。」很激動叫出來。

羅亭轉過身來。他認不出列茲堯夫的形貌，因為他是背光站著的，他迷惑地望著他。

「不認識我麼？」列茲堯夫問。

「密哈伊里奇！」羅亭喊道，伸出手來，但又不知所措地想縮回去。列茲堯夫趕快地抓住它，握在自己的雙手裡。

「進來，請進來！」他對羅亭說，把他拖到房裡。

「你改變了很多！」靜默了一會之後，列茲堯夫說，不由自主地放低了聲音。

「是的，他們在這樣說，」羅亭回答，眼睛漫視著室內。「歲月催人……可是你一些也沒有改變，你的妻子亞歷克山得拉——好麼？」

「她很好，謝謝你。但是什麼風把你吹到這裡來？」

「說起來話長，事實上我是偶然來到這裡的。我來找一位老朋友，……但是我很高興……」

「你到那裡去吃晚飯呢？」

「哦，我不知道。到什麼小飯店裡。我今天一定要離開這裡。」

「一定要？」

羅亭含意深長地微微一笑。

「是的，一定。他們要把我送回我自己的老家了。」

「和我一起吃晚飯。」

羅亭第一次直望著列茲堯夫的臉。

「你請我和你一起吃晚飯？」他問。

「是的，羅亭，為了往日和友情。你高興麼？我想不到碰到你，只有上帝知道我們將來是否再見。我們不能像這樣便分手。」

「很好，我同意！」

列茲堯夫壓緊羅亭的手，喊他的僕人進來，吩咐預備晚餐，告訴他說要一瓶冰凍的香檳。

吃晚飯的時候，列茲堯夫和羅亭，不約而同的，談著他們的學生時代，回憶起許多事和許多朋友——死了的和活著的。開始羅亭不大願意說話，但是喝了幾杯酒之後，他的血液漸漸溫熱起來了。等到僕人撤去最後的一道菜時，列茲堯夫站起來，關上門，又回到桌上，面對著羅亭坐下來，安靜地把下巴托在兩手裡。

「現在，那麼，」他說：「請把你所經過的一切事情都告訴我，自從我上次和你見面之後。」

羅亭望著列茲堯夫。

「天哪，」列茲堯夫想，「他變了好多，可憐的人！」

羅亭的容貌和我們上一次在驛站上遇見他的時候改變得並不多，雖則逐漸來到的老年已在他面上顯現，但是他的表情是不同了。他的眼睛的神色也迥異從前，他的全

身，一時緩慢一時又猝然而斷續的動作，他的頹喪的訥訥的說話的樣子，一切都表示著極端的疲乏，一種默受的暗暗的沮喪，和他從前曾有一時故意裝著青年們在充滿希望和懷著自信自尊的時，慣裝的那種半真半假的憂鬱是不同了。

「把所經過的事情統統告訴你？」他說：「我不能統統告訴你，這也沒有什麼值得說。我做過很多事情；我到處流浪──肉體和精神一樣。我認識很多人，──天哪！多少事多少人令我失去幻想！是的，那些人，那些我認識的人！」羅亭複述一句，看到列茲堯夫帶著一種特別的同情在望著他，「多少次我自己的話對我自己成了可憎！我不是說我自己嘴裡說的話，而是採納我的主張者嘴裡的話！有多少次我從孩子般的使性易怒遞變到像一匹抽上鞭子都不會拂一拂尾巴的馬一樣魯鈍無感覺！……有多少次我是狂喜而滿懷希望，滿懷仇恨，滿懷絕望，一切都落空。有多少次我像鷹般疾揚高飛，結果像一個碎了殼的蝸牛似地爬回來……我去過的地方！我走過的路！……而路，往往是泥濘的，」羅亭添上一句，稍稍回轉頭。「你知道……」他繼續說。

「聽著，」列茲堯夫插口道：「我們曾有一時慣常彼此稱著『德密特里和密哈伊』的。……讓我們恢復舊習慣罷……你願意麼？讓我們為以往的日子乾一杯！」

羅亭非常感動，站起來乾杯，在他的眼睛閃著非言語所能表達的感情。

「讓我們乾杯，」他說：「謝謝你，老朋友，讓我們乾杯！」

列茲堯夫和羅亭乾了杯。

「你知道，密哈伊，」羅亭帶著微笑開始說，把名字說得特別重。「在我的肚子裡有一條蟲在嚙著我磨折著我，永不讓我休息。這蟲推我和人們碰撞——起先是他們受了我的影響，但到後來……」

羅亭在空中揮他的手。

「自從上次見到你後，密哈伊，我發見了很多，也經歷了很多……我曾經重新開始生活，開辦過二十幾件新的事業——而現在，你看！」

「你沒有恆心，」列茲堯夫說，好像在對自己說。

「你說得很對，我沒有恆心。我永遠不能建立什麼，這是很難的，朋友，要建立什麼事業得先建築自己腳下的基礎，要先替自己建築基礎！我所有的嘗試，——準確地說，我所有的失敗，我不想多描寫了。我只告訴你兩三件事——在我的一生中覺得有成功的微笑臨著我的或者說我希望成功（成功不成功又是另一回事）的幾件事。」

羅亭把他的灰白的已經稀疏的頭髮往後一掠，一如往時慣把他的厚密的濃黑的髮鬢往後掠的姿勢一樣。

「好，我告訴你，密哈伊，」他開始說：「在莫斯科我碰到一個相當古怪的人。他很有錢，是大地主，沒有在政府機關做事。他主要的唯一的愛好便是歡喜科學，一般的科學。我永遠也想不通怎樣他會有這種愛好。這種愛好

之適合於他，正如馬鞍之適合於牛背。他困難地把自己維持在這樣的智力水平上，他不大會說話，只是帶著表情地滾著眼珠，含意深長地搖一搖頭。我從來不曾，朋友，碰到比他腦筋更笨，天資更鈍的……在斯摩倫斯克省，有些地方，除了黃沙和幾簇沒有動物要嚙食的草以外什麼都沒有。正是像他，在他的手裡什麼也沒有成就；凡事好像都從他的手裡滑開了；但是他仍瘋狂地把平易的事情弄成複雜。假如依照他的計畫，人們便得倒豎著頭吃飯了。他工作，他寫，不倦地讀書。他以一種固執的不折不撓的精神，一種可怕的忍耐致心於科學；他有很大的野心，鐵一般的意志。他孤獨地住著，怪癖得出名。我認識了他……我承認，他歡喜我。我很快便把他看透了，但是他的熱誠吸引了我。其次，他是擁有如許資源的主人；靠了他，可以做許多有益的事；許多真正有用的事……我就寄住在他的家裡，和他一起到鄉間去。我的計畫；朋友，規模是很大的；我夢想了許多改善，許多革新……」

「正如在拉蘇斯基家裡一樣，你記得麼，德密特里？」列茲堯夫回答，帶著寬容的笑。

「不一樣，在那時候我心裡知道我的話是不能成為事實的；而這一次……一種全然不同的活動範圍展開在我面前……我蒐集了許多農業書籍……說老實話，我一本都沒有看完。……好，我開始工作。起先是一點效果也沒有，正如我自己所預期的；但是後來漸漸有點進展了。我的新朋友袖手旁觀著，什麼也不說，也不干預我；那是在某種

程度內他不干預。他接受我的意見，將它們實行起來，但是帶著固執的悻悻之色，暗中缺少信心；他什麼事都照自己的方法去做。他把自己的每一種理想都稱讚得不得了。好像一隻瓢蟲，好容易爬上一片草葉，牠坐著，坐著，雖則在剔剔牠的鞘翅，預備起飛的樣子，而突然間復墜下來，又開始爬著走了……請不要驚異於這種比喻，當時我老是這樣取譬的。這樣，我在那兒掙扎了兩年。無論我如何努力，工作仍無進步。我開始厭倦了。我的朋友使我厭煩，我譏笑他，他好像羽毛的褥子般把我悶死了，他的缺乏信心變成了一種不出聲的怨恨。一種敵意起自我們兩人中間，我們簡直互相不說話，他靜靜地但是無間歇地想表示給我看說他是沒有受到我的影響的，我的計畫或者是撇在一邊，或者是完全改變了。終於，我覺察到，我是在一個顯貴的地主的家裡扮演一個用智慧的娛樂來討好他的角色。無謂地耗費了我的時間和精力，這對我很痛苦，更痛苦的是我覺得我的期望是又一次被騙了。我很知道假如我離開我會失去些什麼，但是我不能平靜下來忍受下去。有一天，在一場痛苦的可嫌惡的爭論裡，我自己是在場證人之一，我發現了我朋友的劣點，我終於和他鬧翻了，跑開去，撇下了這新奇的學究，這俄羅斯麥粉摻和著德意志糖漿搓捏就的奇異的混和物。」

「這就是，你拋棄了每天的麵包了，德密特里。」列茲堯夫說，把雙手放在羅亭的肩上。

「是的，我又無糧一身輕，兩手空空，不名一文，願

意到什麼地方便飛向何方。啊！讓我們喝一杯罷！」

「祝你健康！」列茲堯夫說，站起來吻著羅亭的前額。「祝你健康和紀念波珂爾斯基。他，也知道怎樣安貧的。」

「這是我的第一個故事，」羅亭稍停了一刻說：「要再說下去麼？」

「請你說下去。」

「啊！甚至說話也是無聊。我說得疲倦了，朋友………可是，要說就說罷。在到處碰碰之後──說到這裡，我本該告訴你，我怎樣成了一位仁慈的顯宦的祕書，後來又怎樣，但是說來太長……在到處碰碰之後，我終於決定要作一個商人──請你不要笑──一個現實的人。機會來了。我認識了一位──你可能聽到過他──叫做庫爾比葉夫的人，你認識他嗎？」

「哦，我從來不曾聽過他。但是，真的，德密特里，以你的聰明，你怎會想不到營商是不適合你的呢？」

「我知道，朋友，這不是我的事業；但是，那麼，什麼是我的事業呢？只要你見到庫爾比葉夫！請你，不要把他想作是一個頭腦空空只會說大話的人。他們都說我是會說話的人，在他的身邊我便算不了什麼。他是一個非常有智識有學問的人，一個對於商業和投機事業有創造力的天才，他的腦筋騰湧著最勇敢最出人意料的計畫。我遇見了他，我們決定要把我們的能力轉移到公眾利益的工作上去。」

「什麼工作？」

羅亭低下眼睛。

「你要笑的，密哈伊。」

「為什麼我要笑？我不笑。」

「我們決定在 K——省開一條供航行用的運河。」羅亭說，帶著尷尬的微笑。

「那麼，這位庫爾比葉夫是一位資本家。」

「他比我還窮。」羅亭回答，他的灰色的頭沉到胸際。

列茲堯夫開始笑了，但又突然停止，握住羅亭的手。

「請原諒我！密夏，」他說：「但是我並沒有料到是那類事情。我想你們的企業只是紙上談兵罷了。」

「並不如此。做了一個開頭。我們雇了工人，著手工作。但是當時就碰到種種的困難。第一，磨坊主人根本不贊成我們；更困難的，我們不能沒有機械使水流改道，而我們沒有足夠的錢購買機械。六個月來我們住在泥濘的草屋中，庫爾比葉夫吃著乾麵包，我也沒有多的東西可吃。可是，我們並不埋怨，那裡的風景非常美麗。我們努力著，努力著，向商人們呼籲，寫信，寫請願書。在把我最後一文錢用完了之後告了結束。」

「唔！」列茲堯夫說：「我想把你最後一文錢花完，德密特里，這不是難事罷？」

「正是，一點不難。」

羅亭望著窗外。

「但是這計畫真的不壞，也許有絕大的利益。」

「那麼庫爾比葉夫到那兒去了呢？」列茲堯夫問。

「哦，他到那兒去，現在他在西伯利亞，擁有一個金礦。你可以看到他會發財，他不會失敗的。」

「也許是的，但是你不像會發財的罷。」

「我不會！這沒有辦法！但是我知道我在你的眼裡永遠是一個無用的人。」

「你，密夏，夠了，朋友；曾經有個時候，不錯，我只看到你的弱點；但是現在，請相信我，我學會如何來尊敬你。你不替你自己造一個地位撈錢，就是為了這一點，我愛你。」

羅亭淡然一笑。

「真的？」

「我為了這一點尊敬你！」列茲堯夫重複說：「你了解我麼？」

兩人都沉默了一會。

「好，我要不要往下說第三件事？」羅亭問。

「請說。」

「第三，最後的一件。我剛剛才和第三件事分手。但是我不使你厭煩麼？密哈伊？」

「說下去，說下去。」

「好，」羅亭說：「有一次在空閒的時候——我時常有許多空閒的——我在想我知道很多，我希望做好事。我想就是你也不會否認我本來希望能做好的罷？」

「當然不會！」

「在別的各方面我多少都失敗了……為什麼我不做一個教師，或者簡單地說做一個教書匠……不比浪費我的生命好些麼？」

羅亭停住了，嘆一口氣。

「與其浪費我的生命，把我所知道的傳授給別人不是更好麼；也許他們至少能從我的學問裡面汲取一點用處來。我的能力無論如何比普通人高，言談更是我最擅長。所以我決定獻身這新的工作，忙著找一個位置。我不想教授私人，教小學生我也不願意。終於，讓我找到本地中學校的一個教員位置。」

「教什麼？」列茲堯夫問。

「教俄國文學。我可以告訴你我從來沒有像這番熱心地來開始做工作的。會對青年發生一種影響的念頭鼓舞了我。為了開頭的一篇講義，我花了三星期的工夫。」

「這篇講義還在麼？」列茲堯夫插嘴問。

「不！不知遺留在什麼地方了。講得不壞，很受歡迎。現在我還彷彿看到聽眾們的臉，……良善青年們的臉，帶著老老實實的注意和熱心關切的表情，甚至懷著幾分驚異。我踏上講臺，激動地講課，我原先想我的講義是夠講一點多鐘的，但是在二十分鐘內便講完了。學校的視察員坐在那裡——一位戴銀邊眼鏡和短假髮的乾枯老人——他時常把頭朝著我看。當我講完了的時候，他從座位上跳了起來，對我說：『很好，但是超過他們的理解力，意義

不大明瞭，關於本題說得太少一點。』但是學生們的眼光中表示尊敬地望著我——真的，他們是這樣。啊！這就是青年們可貴的地方！第二次和第三次我都是事先寫好講義。自那之後我開始即席揮毫不再用講義了。」

「你得到成功嗎？」列茲堯夫問。

「我獲得極大的成功。聽眾成群來到。我把我靈魂中所有的一切獻給聽眾。他們中間有兩三個真的是難得的孩子，其餘的不很了解。我還得承認就是這幾位了解我的人有時也用問題來難倒我，但是我並沒有灰心。他們都愛我的，在考試的時候我都給他們一百分。於是反對我的陰謀來了——不，並不算是陰謀；但是我已感到好像離開了水中的魚。我成了別人的障礙，他們要排擠我。我對中學生所講的課，就是在大學生中間也不是常有的；他們從我的講課中受益不多……我自己不大知道這些事實。再者，我不滿意於指定給我的限定範圍——你知道這往往是我的弱點。我要求根本的改革，我可以向你發誓這些改革是合理又是易於實行的。我希望靠校長的力量可以實行起來，他是一位正直善良的人，首先我多少可以影響他。他的太太站在我這一邊。密夏，在我的一生中不曾遇見像她那樣的婦女。她年紀四十左右，她對人們的善良有信心，像十五歲女孩子般愛著一切佳美的事物，不怕在任何人面前說出她的信仰。我將永遠不會忘記她寬容大度的熱情和純潔。接受她的意見，我擬了一個計畫……但是就在這時候有人在暗算我了。在她的面前說我的壞話。我的主要敵人

羅亭

是數學教師，一位小心眼，利嘴，易怒，什麼都不相信，像畢加梭夫那樣的人物，但是比他能幹得多……說到這裡，畢加梭夫怎樣，他還活著麼？」

「哦，活著的。只要想一想，他和一位真正的資產階級女人結了婚，他們說，她打他。」

「該打！娜泰雅呢，──她好麼？」

「是的。」

「幸福麼？」

「是的。」

羅亭靜默了一會。

「我談到什麼地方？……哦，是的！談到數學教師。他十分恨我，他把我的講義比作煙火，拉住我的不大清楚的每一句子，有一次為了一個什麼十六世紀的紀念碑把我弄糊塗了。……但是最重要的，是他懷疑我的善意，我最後的壯志雄心好像肥皂泡碰上了尖釘一樣地碰上了他，破了。這位學校視察員，開頭就和我不投機的，唆動校長反對我。一場衝突發生了。我並不預備讓步，鬧大起來……這件事傳到當局的手裡了，逼得要我辭職。我不肯就此甘休，我想要證明他們是不能這樣對待我的。……但是他們可以隨他們高興對待我。……現在我逼得要離開這裡。」

接著一陣靜默，兩位朋友都低著頭，坐著。

羅亭先開口。

「是的，兄弟，」他說：「現在我可以說，引用珂爾佐夫（俄國著名農民詩人）的話，『你把我導入迷途了，

我的青春，竟使我無路可走了……』難道我竟是什麼事都不適宜，在這世上沒有我可以做的工作麼？我時常把這問題反問自己，不管我如何試想把自己看得低微一點，我就是做不到，我總覺得我有一種別人所不曾賦有的才能！為什麼我的才能不會開花結實。還有一件事，密哈伊，你記得麼，當我和你在國外的時候，我是自負而充滿了錯誤的思想……當然我沒有清晰地察覺到我所需要的是什麼，我生活在空談中，相信著空中樓閣。但是現在，我向你發誓，我可以在人前大聲說出我的種種願望。我絕對沒有什麼要隱瞞的，我是絕對照著字面上不折不扣的釋義——忠誠。我準備適應任何環境，我需要很少，我要做一點有益的事，甚至於很少益處的事。但是不！我永遠失敗。這是什麼意思？什麼東西使我不能和別人一樣地生活，一樣地工作？……我就是想不通。我剛到達什麼固定的位置或是某一點，命運便立刻把我拉下來。我開始怕它了——我的命運……為什麼這樣？請為我解釋這謎！」

「謎！」列茲堯夫重複說一遍。「是的，真的，你之於我永遠是一個謎。就是在我們年輕時，當在無關緊要的戲謔之後，你會突然吐出驚心奪魄的話，於是你又……你知道我說的意思……就在那時候我已經不了解你。這就是我為什麼要離開你。……你有這許多能力，這種不倦地對理想的追求。」

「空話，一切都是空話！什麼都沒有做！」羅亭插嘴說。

「什麼沒有做！有什麼可做？」

「有什麼可做！靠一己的工作來養活一個盲目的老婦人和她的一家，正如，你記得的，密哈伊，普里雅岑佐夫這樣做了。……這就是做了點什麼。」

「是的，但是說一句有益的話——也是做了點事。」

羅亭望著列茲堯夫，不說話，輕輕地搖搖頭。

列茲堯夫還想說些什麼，但是他把手抹過臉孔。

「這樣，你所以要回到鄉下去麼？」他終於問。

「是的。」

「你還有一點財產留在那兒麼？」

「有一點。兩個半靈魂。（『靈魂』是農奴的代名詞，帝俄時代稱農奴為靈魂。）這是坐以待死的一個角落了。也許現在你仍在想：『就是到現在他還是少不了漂亮的話！』『話』真是毀了我，它是我的致命傷，而到頭來我還撇不了它。這些白髮，這些皺紋，這些襤褸的衣服——這可不是漂亮空話。你對我的批評總是嚴厲的，密哈伊你是對的；但是現在不是該嚴厲的時候了，當一切都完了，當燈裡的油乾了，而燈的本身也已經破碎，燈芯在那裡冒煙熄滅了的時候。死，朋友，終會得到解脫……」

列茲堯夫跳起來。

「羅亭，」他喊道：「為什麼你對我說這樣的話？我怎樣受當得起？我是這樣的一個批評者，我是這樣的一個人麼？假如我看到你低陷的兩頰和皺紋，『只是漂亮空話』的念頭會進入我的腦子裡來麼？你要不要知道我對你作何

想法，好！我想：這裡有一個人——以他的能力，什麼事會達不到，那一種世上的利益會得不到，只要他願意！……而我卻看到他飢餓而無家可歸……」

「我引起你的憐憫了，」羅亭喃喃地說，聲音有點哽咽。

「不，你錯了，你引起我的尊敬——這是我所感覺到的。誰能夠阻止你在那地主的家裡一年又是一年地住下去，他，是你的朋友，他，我確實相信，會供給你一筆入息，只要你願意奉迎他拍他馬屁？為什麼你不能適合在那中學校裡生活下去，為什麼你——奇異的人！——不論對任何事業上的任何理想，結果總是無可避免地犧牲了自己私人的利益，而拒絕了在肥美的土地上生根，不管它是如何地有利？」

「我生來就是無根的浮萍，」羅亭說，帶著沮喪的微笑。「自己也停留不住。」

「這是真的。但是你不能停止，不是因為有蟲在嚙著你，像你最初對我所說的……這不是蟲，不是無緣無故好動——這是愛真理的烈火在你心中燃燒著，明顯地，縱然你屢次失敗，這火在你的心中燃燒，也許比許多自命為不是自私者竟敢於把你叫做騙子的人們要熱烈得多。假如我處在你的地位，很早便會把這條蟲安靜下來，和一切事情妥協了。而你簡直並不以為苦，我相信，就在今天，你會像一個年輕人一樣地準備好開始新的計畫。」

「不，朋友，現在我是疲倦了，」羅亭說：「我受夠

了。」

「疲倦了！在別的人便早就死翹翹了。你說死將會得到解脫，但是活著，你想，不會麼？一個活了一生不曾寬恕過別人的人，是不配受別人寬恕的。但是誰能夠說他是不需要寬恕的呢？你盡了你所能做的了，……你盡你所能長時間地奮鬥了……還要怎樣？我們的路是不同的……」

「你和我全然不同。」羅亭說，吐出一聲嘆息。

「我們的路是不同的，」列茲堯夫繼續說：「也許正是因此，感謝我有足夠的收入，我冷酷的個性，和諸般幸運的環境，沒有什麼來阻止我坐在家裡，做人生舞臺的觀眾；但是你需得要跑到世界上去，捲起袖子，要勞苦，要工作。我們的路是不同的——但是請看我們是如何地接近。我們說的是幾乎同樣的話，只要半句暗示，我們便互相了解，我們是在同一心情中長大的。同道的人已是不多，朋友，我們是摩希庚最後的遺民（北美洲土著Algokin人種之一。美國小說家James Cooper著有 *The Last of Mohicans*〔1826〕一書。故文中引用該語）。」

「在過去，當生命在我們的前面還有很多日子的時候，我意見盡可不同，甚至於吵架；但是現在，我們這一輩人漸漸減少了，新的一輩越過我們，懷著和我們相同的目的，我們應當團結一起！讓我們碰杯痛飲罷，德密特里，唱一曲往日的Gaudeamus igitur！（起來，大家歡樂吧。）」

兩位朋友碰了杯子，以不合拍的真正的俄羅斯歌喉，

唱著從前學生時代的歌。

「這樣，現在你要回到你的鄉下去了，」列茲堯夫又開始說：「我想你不會在那兒久住，我也想不到你會在什麼地方久住以及怎樣結束你的一生。……但是請記得，不管你遭遇到什麼命運，你總是有一個地方，一個你可以藏身的窩，這就是我的家——你聽見嗎？老朋友？思想，也有它的衰老之年，它們也要一個家。」

羅亭站起來。

「謝謝你，朋友，」他說：「謝謝你！我將不會忘記你的話，只是我不配有一個家。我浪費了我的生命，沒有實行我的思想，如我所應該做的。」

「不要再提了，」列茲堯夫說：「各人聽天由命罷，不能強求！你曾稱你自己是一個『漂泊的猶太人』……但是誰知道，——也許你應該這樣永久漂流，也許就是這樣你在完成你自己尚不知道的更高的使命呢；俗話說我們是在上帝的手中，是有幾分真理的。你去了，德密特里，」列茲堯夫繼續說，看到羅亭在拿他的帽子，「你不在這裡過夜嗎？」

「是的，我去了，再會。謝謝你……我不會有好結果。」

「只有上帝知道。……你決意要去了嗎？」

「是的，我要去了。再會。不要記著我的壞處。」

「好，也不要記著我的壞處——不要忘記我對你所說的話。再會……」

兩位朋友互相擁抱。羅亭很快地跑開了。

列茲堯夫在房間裡走來走去好久，站在窗前沉思，喃

喃喃地說：「可憐的人！」於是他坐在桌前，開始寫一封信給他的太太。

外面起風了，帶著不吉的預兆在長嚎，盛怒似地搖撼著格格作響的窗葉。長長的秋夜開始了。在這種夜裡，能有家庭的庇蔭，坐在安全溫暖的一角的人是有福了……願上帝幫助所有的無家可歸的流浪人！

一八四八年六月二十六日的一個酷熱的下午，在巴黎，當赤色共和黨的革命幾乎完全敉平了的時候，政府陸軍的一大隊在聖安東尼近郊的一條窄巷裡攻取一個防壘，幾發的砲彈已經把它擊毀，殘餘的守禦者都只顧自己的安全把它拋棄了。突然間在防壘的高頂，一輛翻身的公共馬車的箱架上，出現了一個穿著一件舊外套的高大漢子，束著一條紅腰帶，灰白的蓬亂的頭髮上戴著一頂草帽。他一手拿著紅旗，另一隻手握一把缺鋒的彎形的刀，當他爬上來的時候，口裡喊著一聲尖銳的聲音，揮舞著旗幟和大刀。一個維賽尼斯的槍手瞄準他，射了一槍。這個高大的漢子掉下了紅旗——像一隻布袋似的面孔朝地倒下來，好像他撲倒在什麼人的腳前致最敬禮一樣。子彈貫穿了他的心臟。

「瞧！」一位逃走的革命黨對另一個人說：「啊！波蘭人被打死了。」

「媽的，」另一個人回答，兩個人一同跑進屋子的地窖裡面，這屋子的窗戶都是關著的，牆壁上滿是子彈和炸藥的斑痕。

這位波蘭人便是德密特里・羅亭。

世界文學　　8

羅亭　Dmitri Rudin

作　　者	屠格涅夫　Ivan S. Turgenev
總 編 輯	初安民
責任編輯	陳健瑜
美術編輯	黃昶憲
校　　對	馬文穎　李　文

發 行 人	張書銘
出　　版	INK印刻文學生活雜誌出版有限公司
	新北市中和區中正路800號13樓之3
電　　話	02-22281626
傳　　真	02-22281598
e-mail	ink.book@msa.hinet.net
網　　址	舒讀網http://www.sudu.cc

法律顧問	漢廷法律事務所
	劉大正律師
總 經 銷	成陽出版股份有限公司
電　　話	03-3589000（代表號）
傳　　真	03-3556521
郵政劃撥	19000691　成陽出版股份有限公司
印　　刷	海王印刷事業股份有限公司

港澳總經銷	泛華發行代理有限公司
地　　址	香港筲箕灣東旺道3號星島新聞集團大廈3樓
電　　話	852-27982220
傳　　真	852-27965471
網　　址	www.gccd.com.hk

出版日期	2003年1月　　　初版
	2013年5月　　　二版
	2013年6月10日　二版二刷
ISBN	978-986-5933-98-2

| 定　　價 | 160元 |
| 特　　價 | 120元 |

Copyright © 2013 by **INK** Literary Monthly Publishing Co., Ltd.
Published by **INK** Literary Monthly Publishing Co., Ltd.
All Rights Reserved
Printed in Taiwan

國家圖書館出版品預行編目資料

羅亭 / 屠格涅夫 著；二版

－－新北市中和區：INK印刻文學，

2013.04　面；公分. --（世界文學；8）

譯自：Dmitri Rudin

ISBN 978-986-5933-98-2（平裝）

880.57　　　　　　　　　102005327

版權所有．翻印必究

本書如有破損、缺頁或裝訂錯誤，請寄回本社更換